너의 우주가 들린다면

너의 ✦ 우주가 ✦ 들린다면

최양선 장편소설

창비

차
례

1부 ✳ 나의 우주　　　　　　　　　　007

2부 ✳ 너의 우주　　　　　　　　　　087

3부 ✳ 우리의 우주　　　　　　　　　169

　　　　　　　　작가의 말　　　　　249

1부 (나의 우주

픽싱

사장님은 찰진 밀가루 반죽을 양손에 쥐고 죽 늘어뜨렸다. 커다란 도마에 반죽을 치대다 보면 덩어리였던 반죽은 금세 수많은 갈래로 나뉘고 얇디얇은 면발로 변신을 한다.

출렁거리는 사장님의 배로 시선이 갔다. 수타 면을 만들어 내는 양팔의 반동 때문이 아니다. 뱃속에 살아 있는, 알 수 없는 존재가 보이기 때문이다. 물론 저 존재는 나만 볼 수 있다. 나는 그 존재를 무언가에 고정되어 있다는 뜻으로 '픽싱(fixing)'이라 불렀다.

픽싱을 맞닥뜨리기 전, 전조 증상이 먼저 일어난다. 알 수 없는 기운이 파도처럼 내 몸을 향해 달려오는 것이다. 한순간, 눈앞이 깜깜해진다. 감은 눈 속은 우주처럼 어둡고 광활하다. 눈부시게 쏟아지는 빛과 함께 공간과 시간이 뒤섞여 휘어진다. 눈을 뜨면 사람의 몸에 붙어 있는 존재가 서서히 드러나면서 점점 선명해진다.

열한 살 때, 친구 수아의 픽싱을 처음 마주했다. 학교 수업이 끝나면 매일 수아네 집으로 향했다. 수아네 집은 늘 비어 있었고, 수아네 집 냉장고에는 배달 음식 스티커가 다닥다닥 붙어 있었다. 우리는 게임도 하고 TV도 보다가 배가 고프면 떡볶이, 짜장면, 피자 등을 마음껏 시켜 먹었다. 싱크대 서랍에는 수아 엄마의 카드가 있었다. 5시가 되면 수아네 집에서 나왔는데, 수아는 나와 헤어지는 것을 아쉬워하며 더 놀다 가라고 붙잡았다. 어느 날, 수아네 집에 더 머물렀는데 수아는 내게 어른들만 볼 수 있는 영상을 같이 보자고 했다. 나는 보고 있기가 무서워 수아를 혼자 두고 도망치듯 밖으로 나와 버렸다.

그날 이후, 수아 등에 오백 원 동전 크기의 검은 동그라미가 나타났다. 검은 동그라미는 점점 커지더니 한가운데에서 손이 툭, 튀어나왔다. 다섯 개의 손가락은 매우 위협적으로 움직였다. 그 손을 나만 볼 수 있다는 것을 알았을 때, 두려움이 몰려들었다. 수아를 피했고 다시는 수아네 집에 가지 않았다. 한 달 뒤, 수아는 갑자기 전학을 갔다.

두 번째 픽싱을 본 것은 열세 살 때였다. 단짝 친구의 양손이 문어나 오징어의 다리처럼 길게 자라난 것이다. 역시나 나는 그 친구도 멀리했다. 픽싱을 보는 데 규칙이 있다는 것을 그때 알았다. 픽싱은 서로 마음을 주고받으면 나타났다. 이후 누구와도 친구가 될 수 없었다.

사장님은 대부분의 시간을 주방에서 보냈다. 면 요릿집은 배달을 전문으로 하는 가게라 홀 손님은 받지 않았다. 사장님은 흔한 배달 앱을 사용하지 않고 가게 전화로만 주문을 받았다. 그도 그럴 것이, 면 요릿집 고객은 인근에 있는 상가 건물과 원룸촌에 있는 사람들이 대부분이었기 때문이다.

사장님은 할 수 있는 건 요리뿐이라는 듯 주방에서 나오지 않았다. 면 요릿집은 멸치와 각종 채소를 베이스로 육수를 만들었다. 따뜻한 수타국수와 매콤달콤한 비빔수타국수, 볶음수타국수가 주메뉴다. 날이 더워지면서 비빔수타국수의 인기가 좋았다. 사장님은 주방 안쪽에 있는 작은 방에서 지내는 듯했다. 장사하고 남은 양념 소스에 밥을 비벼 먹거나 육수에 밥을 말아 먹곤 했다. 반찬은 김치와 깍두기뿐이었다.

사장님은 혼자였다. 주변 상인들과 왕래를 하지 않았다. 그럼에도 면 요릿집이 유지될 수 있는 이유는 맛 덕분인 듯했다. 알바 첫날, 사장님이 저녁으로 얼큰한 육수의 국수를 만들어 주었는데, 탱글탱글한 면발과 감칠맛 나는 국물이 일품이었다. 이 가게의 외관이나 인테리어만 보면 저물어 가는 느낌이 들다가도 사장님이 만들어 낸 국수 맛을 보면 활력이 느껴졌다.

면 요릿집에서 아르바이트를 시작한 것은 한 달 전이었다. 전단지 알바를 끝내고 돌아가는 길, 면 요릿집 유리창에 붙어 있는 광고지를 발견했다. 화요일 수요일 목요일 오후 6시부터 9시까지, 토요일과 일요일 오전 11시부터 오후 7시까지 배달 아르바이트를 구한다는 내용이었다.

아르바이트는 내게 생활이었다. 전단지 알바를 하면서 중고 전기 자전거를 샀다. 나의 계획은 돈을 모아 스쿠터를 사는 것이다. 스쿠터를 타고 달리면 전기 자전거를 타고 달릴 때보다 더 속도를 낼 수 있다. 알바를 하기 위해서는 아빠의 동의서가 필요했다. 그 일을 해결하는 건 간단했다. 아빠는 집에 없고 아빠의 도장은 안방 서랍장 안에 있으니까.

처음에는 꽃집인 줄 알았다. 가게 앞에 크고 작은 화분들이 즐비했기 때문이다. 빛이 바랜 쇼윈도와 다르게 초록색 화분들은 생생하게 살아 있는 듯했다.

배달을 끝내고 가게 안에 들어오자마자 벽에 붙어 있는 세계 지도가 눈에 들어왔다. 국숫집에 붙어 있는 세계 지도라니, 인테리어 센스가 부족하다고 생각했다. 일을 하며 세계 지도를 자세히 볼 기회가 있었는데, 한국과 영국이 국수 면발 같은 얇은 선으로 이어져 있었다.

이 주 전까지 사장님과 나눈 대화는 출근해서 하는 '안녕하세요'와 퇴근할 때 하는 '안녕히 계세요'가 다였다. 그 외에는 전화 주문을 받고, 사장님께 메뉴를 알려 주고 배달만 했다. 관계의 삭

막함이 마음에 들었다. 서로에게 관심을 두지 않아도 되는 일이 내겐 중요했기에.

그런데 언제부턴가 사장님은 배달을 다녀온 내게 얼음물이나 시원한 음료수를 주었다. 집에 돌아갈 때는 육수와 비빔장, 가끔은 가게에서 팔지 않는 수육 등도 챙겨 주었다. 사장님에게서 예상치 못한 따뜻함을 느끼게 되면서 관심이 생겨 버렸다. 베일에 싸여 있는 듯한 사장님의 일상이 나도 모르게 궁금해졌다. 그리고 일주일 전 전조 증상과 함께 사장님의 배가 꿈틀거리는 모습을 보게 된 것이다.

사장님은 앞치마 주머니에서 손수건을 꺼내 이마와 얼굴에 송골송골 맺힌 땀을 닦아 내고는 냉장고에서 1.5리터짜리 탄산음료를 꺼내더니 벌컥벌컥 마셨다. 순식간에 반이 사라졌다. 이 순간에도 사장님의 배는 요동치고 있다. 무언가가 튀어나올 것 같은 불안감에 나도 모르게 손톱을 잘근잘근 씹었다.

따르릉따르릉.

전화벨 소리에 얼른 수화기를 들었다.

"면 요릿집입니다."

"비빔국수 두 개 배달돼요?"

차분한 여자 어른 목소리였다.

"네, 주소를 말씀해 주세요."

"조이아파트 103동 2104호예요."

메모지에 조이아파트 103동 2104호를 적는 순간, 움찔했다. 조이아파트는 신도시에 있고, 면 요릿집은 구도심에 있다. 신도시에 있는 아파트에서 주문하는 경우는 처음이었다.

"사장님, 주문이요."

주문지를 확인한 사장님의 표정이 심각해졌다. 주방에서 나온 사장님은 발신 번호를 확인한 뒤 다시 전화를 걸었다. 자전거로 배달을 해서 면이 불 수도 있는데 괜찮겠냐고 말했다. 잠시 뒤 사장님은 알겠다고 말하며 전화를 끊었다.

"배달해요?"

"그래."

사장님은 주방으로 들어가 바로 면을 만들었다. 나는 김치와 깍두기, 젓가락을 챙기고는 배달 장소를 확인했다.

'조이아파트 103동 2104호……'

조이아파트. 이 년 전에 아빠랑 살던 집. 왠지 동호수가 익숙해 숫자들을 곱씹었다. 가물거리던 기억이 슬금슬금 다가왔다. 그러니까 이 주소는 다미네 집이었다. 그렇다면 조금 전 목소리는 다미네 엄마? 다미네 가족은 다미와 엄마, 아빠, 이렇게 셋이다. 일요일 저녁인데도 두 그릇만 시켰다면 다미네가 아닐 수도 있다. 벌써 이 년이 지났다. 그 사이 이사를 갔을 수도 있다.

"비빔국수 나왔다."

사장님은 비빔국수 두 그릇을 선반에 올려 두었다. 랩을 씌워

비닐봉지에 담는데, 사장님이 다가와 출렁거리는 배를 내 쪽으로 내밀었다.

"바로 퇴근해라. 이건, 집에 가서 먹고. 원 플러스 원이니까 부담 갖지 말고."

"고맙습니다."

생각지도 못한 피자 한 박스로 가슴이 뭉클해졌다.

"다음 주에 보자."

나는 밖으로 나와 자전거에 올라탔다. 페달을 밟으며 가속 기어를 천천히 눌렀다.

다시 만난 다미

 조이아파트 입구에서 숨을 크게 몰아쉬고는 고층 아파트를 쳐다보았다. 103동을 찾아 눈길을 돌렸다. 101동에 가려져 21층 이상만 허공에 비죽 올라와 있었다. 층수를 세지 않아도 21층 집이 단번에 눈에 들어왔다. 작은 방 창문이 닫혀 있는 것 같았다. 사람이 없는 걸까. 에어컨을 켜고 있기 때문일지도 몰랐다.
 이러고 있을 틈이 없다. 서둘러 자전거 머리를 103동 쪽으로 돌렸다. 103동 공동 현관 출입구 앞에 자전거를 세워 두고 헬멧을 벗었다. 아파트 주민들은 헬멧을 벗지 않은 배달원을 두려워하기 때문이다. 뒷좌석 배달함에서 비닐봉지를 꺼낸 뒤 2104호 인터폰을 눌렀다. 다미와 다미 엄마 얼굴이 떠올랐다. 가슴이 두근거리며 양쪽 볼이 화끈거렸다.
 "누구세요."

"배달 왔습니다."
공동 현관문이 열렸다.

엘리베이터는 금세 21층에 도착했다. 음식을 문 앞에 두자마자 2104호 현관문 벨을 누르고 돌아서는 순간, 뒤에서 인기척이 느껴졌다. 고개를 돌리자 다미네 엄마가 열린 현관문 틈에 서 있었다. 곱게 빗어 올린 머리, 옅은 화장과 고운 피부. 아주머니는 이 년 전과 똑같았다.
"아, 안녕하세요?"
"수온이 맞구나. 혹시나 했는데……."
다미네 엄마는 의아하다는 듯 말했다.
문이 좀 더 열리면서 아주머니 어깨 너머로 다미가 보였다. 동그랗고 하얀 얼굴, 진한 눈썹, 산뜻한 앞머리와 어깨까지 내려온 머리카락. 다미 모습은 그대로였다. 훌쩍 커 버린 키만 빼고는. 다미의 오른쪽 어깨 위에 붙어 있는 픽싱인 아기 고양이를 바라봤다. 고양이는 치즈 색깔의 줄무늬에 검은 동그라미가 군데군데 새겨져 있었다. 특이한 건 오른쪽 얼굴은 치즈 무늬고 왼쪽 얼굴은 검은색이라는 점이었다. 눈동자 색깔도 각각 노란빛과 푸른빛으로 다른 오드 아이 고양이였다.
"다미야, 수온이가 여기서 알바 하는 거 알고 있었니?"
아주머니의 미묘한 질문에 다미는 아니요,라고 답했다. 다미는 어떤 친구 이름을 말하며, 한 달 전에 그 애 엄마가 시켜 줘서 먹었는데 맛있어서 가게 이름을 기억해 두었다고 했다. 아주머니는 내 쪽으로 다시 고개를 돌렸다.

"공부하느라 일하느라 힘들겠구나."

"아니, 뭐…… 괜찮아요."

대답은 아주머니에게, 눈길은 다미에게 향했다. 다미 역시 나를 뚫어져라 보고 있었다.

"대견하네. 시간 되면 잠깐 들어올래? 시원한 거라도 마시고 가렴. 둘이 오랜만에 만났는데 얘기도 좀 하고."

나는 다미 눈을 보며 바로 가야 한다고 말했다. 서둘러 아주머니에게 안녕히 계시라고 인사를 전했다.

"그럼 조심히 가라. 다미야, 들어가자."

아주머니는 기다렸다는 듯이 웃으며 문을 닫았다. 그사이 엘리베이터가 저 아래로 내려가 버려서 다시 버튼을 눌러야 했다. 늘어나는 숫자의 크기만큼 다미의 모습이 선명해졌다. 아무렇지 않았던 표정과 이 년 전과 다르지 않은 픽싱까지. 이 년 전 그때를 기억하자, 설명할 수 없는 감정이 북받쳤다.

"수온아."

느닷없이 다미 목소리가 귓가에 닿았다. 잘못 들은 것인가 싶었는데, 다시 들려온 목소리에 고개를 돌릴 수밖에 없었다. 다미가 눈앞에 있었다. 동시에 엘리베이터 문이 열렸다. 탈까 말까 망설이는 동안 문은 도로 닫혔다.

"다시 만나서 반가워."

다미 말끝에 어색한 웃음이 머물렀다 사라졌다. 나는 무슨 대답을 해야 할지 몰라 입을 다물었다. 어색한 공기가 감돌았고 다미가 입을 열어 멋쩍은 분위기를 깼다.

"번호…… 알려 줄 수 있어?"

뒷짐을 지고 있던 다미가 손에 쥐고 있던 휴대폰을 내 앞으로 내밀었다. 나는 다미 휴대폰을 내려다봤다. 아랫입술을 깨물며 번호를 알려 주어야 하나 말아야 하나 고민했다. 결국 휴대폰에 번호를 입력했다. 다미는 바로 저장을 했다. 잠시 뒤, 주머니 속 휴대폰에서 벨이 울렸고 화면에 낯선 번호가 떴다.

"내 번호야."

"응."

전화를 끊으며 말했다.

"국수 잘 먹을게. 조심해서 가."

다미는 그 말을 남기고는 집 안으로 들어갔고 나는 세 번째로 엘리베이터 버튼을 눌렀다.

1층으로 내려가는 내내 고민했다. 번호를 저장할지 말지. 결국 번호를 저장하지 않은 채로 휴대폰을 주머니 속에 넣었다. 다시 만나 반갑다는 다미의 말이 귓가에 걸려 떨어지지 않았다. 그 말은 진심이었을까. 돋아난 의심은 좀처럼 사그라들지 않았다.

공동 현관을 나오자마자 자전거를 타고 달렸다. 어느새 해는 서쪽으로 기울었다. 하늘에 번져 있는 노을빛에 아파트 단지가 주홍빛으로 물들었다.

자전거에서 내려 아파트 안의 산책길을 따라 걸었다. 나무들은 이 년 전보다 이파리가 풍성해지고 녹음이 짙어졌다.

자전거를 세워 두고 텅 빈 놀이터 안으로 들어왔다. 초록색 그네에 앉아 천천히 발을 굴리며 몸을 앞뒤로 움직였다. 몸이 공중을 가를 때마다 바람이 더운 몸을 식혀 주었다. 고개를 떨구자 바닥에 그림자가 길게 드리워졌다. 그네를 세우고 옆의 빨간색 그네를 바라보는데, 그곳에서 다미의 기운이 느껴졌다. 픽싱인 아기 고양이의 기운도.

이 년 전

열다섯 살이었던 이 년 전 가을, 구도심의 빌라에서 살던 아빠와 나는 이 아파트로 이사를 왔다. 아파트에서 100여 미터 떨어진 곳에 있는 중학교로 전학을 가야 했다. 첫날에는 조용히 교실 분위기를 살폈다. 스무 명이 안 되는 교실에도 서열이 있고 계급이 있다는 걸 알기에. 어떻게 하면 이 교실에서 없는 듯 지낼 수 있을까를 고민했다.

그날, 나의 시선을 사로잡은 건 다미였다. 다미는 키가 작고 왜소했다. 교복을 벗으면 초등학생으로 보일 정도로.

다미는 의자에 엉덩이가 붙은 것처럼 자리에서 벗어나지 않았다. 먼저 말을 거는 아이들에게만 응대를 할 뿐, 화장실에 갈 때 빼고는 책상 앞에 앉아서 영단어를 외우고 문제집을 풀었다. 다미에게 호기심이 생긴 건 아주머니 때문이었다.

우리 반 학부모 대표인 아주머니는 학교에 자주 나타났다. 아주머니는 학교에서 다미 손을 잡고 다녔다. 대개 열다섯 살은 엄마 손을 잡고 다니지 않는다. 그 모습이 다른 아이들 눈에 어떻게 보일지, 다미는 안중에 없는 듯했다. 종일 책상 앞에 앉아 있는 건, 어쩌면 그 아이만의 방어 기제일지 모른다고 여겼다. 일종의 차단 같은 것. 음악을 듣지 않는데도 무선 이어폰을 끼고 있는 나처럼. 그래서일까. 쉬는 시간이 되면 다미에게 눈이 갔고 다미가 안 보이면 궁금해지곤 했다. 가끔은 동시에 눈이 마주쳤다.

어느 날 수업이 끝나고 집으로 돌아가는 길, 누군가 내 뒤를 따라오는 것이 느껴져 몸을 돌렸다. 그때였다. 휘몰아치는 기운이 몸으로 빨려 들어온 것은. 눈을 질끈 감았다 뜨자 다미 어깨 위에 다소곳이 앉아 있는 신기한 무늬의 고양이가 눈에 들어왔다. 길고양이가 다미의 어깨 위로 올라앉기라도 한 걸까. 하지만 다미의 그림자에는 고양이가 없었다. 고양이는 다미의 픽싱이었다.

픽싱이 보일 때는 함께 마음을 나눌 때였다. 그 말은 내가 다미에게 품게 된 마음만큼 다미도 나를 생각하고 있었다는 뜻이다.

"안녕?"

다미가 먼저 인사를 했다.

"안녕."

"너, 여기 살지?"

"응."

"나도."

다미는 수줍게 웃었다. 아기 고양이의 가느다란 야옹 소리처럼. 픽싱이 귀여운 건 처음이었다. 그래서일까. 겁이 난다기보다는 오히려 친근했다. 그날 우리는 놀이터에서 같이 그네를 탔다. 다미가 발을 세게 굴린 만큼 그네는 공중으로 높이 올라갔다 내려왔다를 반복했다.

"네가 전학 온 날, 이 아파트에 살고 있다는 것을 알았어. 넌 매일 여기서 그네를 타더라."

그날 우리는 서로의 연락처를 주고받았다. 학교에서 단짝으로 지냈고 학교에 갈 때도 집에 올 때도 함께했다. 하지만 방과 후 다미와 함께할 수 있는 시간은 삼십여 분뿐이었다. 다미는 학원에 가야 했기 때문이다.

우리는 그 삼십여 분 동안 그네를 탔다. 다미는 내 이야기를 듣는 걸 좋아했다. 나는 구도심의 구석에 있는 호수마을 이야기를 들려주었다. 이팝나무 숲을 지나면 만날 수 있는 호수와 윤슬. 그곳에서 물수제비를 던지던 기억과 물속에서 수영을 하던 이야기. 또 내가 경험한 픽싱들에 대한 이야기도. 물론 픽싱은 꾸며 낸 이야기처럼 말했다. 다미는 호수마을 이야기를 듣고서는 그곳의 경치를 보고 싶어 했고, 픽싱 이야기를 들을 때면 무섭다면서 몸을 움츠렸다. 그러면서도 호기심 어린 눈으로 끝까지 이야기를 들었다.

다미에게 만약 픽싱을 볼 수 있는 아이가 있다면 친구가 될 수 있겠느냐고 물었다. 다미는 글쎄, 하고는 확답을 주지 않았다.

 말해 주고 싶었다. 나는 사람 몸에 붙어 있는 픽싱을 볼 수 있고, 네 어깨 위 픽싱은 신기한 무늬와 눈빛을 지닌 아기 고양이라고. 절대 말할 수 없는 비밀이었다. 오랜만에 사귄 친구였으니까. 아기 고양이 픽싱은 다미처럼 귀여웠다. 그 점은 정말이지 다행이었다.

 오늘 다미 어깨 위에 앉아 있던 고양이는 그 시절 보았던 모습 그대로였다. 다른 점은 어깨 위에서 네발로 서 있던 고양이가 이제는 웅크리고 있다는 것.

 다미와 친해질 무렵 아빠는 바빴다. 전에 살던 빌라에서는 전세로 살았는데 아빠는 회사를 그만두고 받은 퇴직금과 전세금으로 부동산업을 하는 친구와 함께 건물에 투자했다. 우리가 조이아파트에서 월세를 내며 살아야 했던 이유였다. 아빠는 임장을 다니느라 밤늦게 집에 오거나 간혹 집을 비울 때도 있었다. 그런 날은 다미네 집에서 저녁을 먹곤 했다. 다미네 가족은 엄마와 아빠, 다미 셋이었지만 식탁은 4인용이었다. 나는 다미와 나란히 앉아서 식사를 했다.

 저녁을 먹고 나면 다미는 학원에 갔다. 다미는 특목고를 준비하고 있었다. 누구보다 많은 양의 공부를 해야 했고 공부를 잘하기도 했다. 계획은 모두 다미네 엄마가 짜 주었고 다미는 그대로 실천했다. 다미는 엄마가 그어 놓은 선 밖으로는 절대 나가지 않는 아이였다.

가을이 지나고 겨울이 되면서 아빠가 달라졌다. 전화를 해도 잘 받지 않았고 집에 온 날에도 짧은 잠을 잔 뒤, 일어나자마자 초췌한 모습 그대로 나가 버렸다. 아빠에게서는 여유가 느껴지지 않았다. 무언가로부터 쫓기는 듯이 초조해 보였다. 부엌 냉장고에는 가공식품들이 가득했다. 아침은 매일 콘플레이크에 우유를 말아 먹었고 저녁은 아빠가 준 돈으로 편의점에서 김밥이나 도시락을 사 먹었다. 아빠 얼굴에는 근심이 가득했다.

어느 날, 초인종이 울렸다. 공동 현관을 어떻게 넘어왔는지 인터폰 화면에 낯선 어른들의 얼굴이 꽉 차 있었다. 문을 열자마자 그들은 아빠가 어디 있는지 아느냐고 무섭게 물어 댔다. 나는 모른다고 답했다. 그것은 사실이었다. 그런데도 어른들은 내 말을 믿지 않았다. 두 눈을 부릅뜨고 아빠가 있는 곳을 말하라고 했다. 두려운 마음에 아무렇게나 신발을 꿰어 신고, 도망치듯 비상계단을 뛰어내려 왔다. 내게 가장 안전한 곳은 다미네 집이었다.

거친 숨을 쉬는 나를 맞이해 준 건 아주머니였다. 아주머니는 차가운 얼굴로 다미는 학원에 가고 없으니 다음에 오면 안 되겠냐고 했다. 낯선 아주머니의 표정에 당황스러웠다. 갈 곳이 없어 놀이터 그네에 앉아 있었는데 아빠에게서 전화가 왔다. 나는 집에 찾아온 어른들에 대해 이야기했다. 아빠는 초조한 목소리로 다미네 엄마와 잠깐 얘기를 할 수 있느냐고 물었다. 나는 다시

2104호의 인터폰을 눌러야 했다.

아주머니는 아빠와 오랫동안 이야기를 나누었다. 아주머니는 '오늘은 우리 집에서 재울 테니 걱정하지 마세요.'라는 말을 마지막으로 전화를 끊었다.

나는 다미 방에서 오도카니 앉아 있었다. 평소와 달리, 방 밖에서 들려오는 작은 소리에도 신경이 곤두섰다. 순간순간이 너무나 길게 느껴졌다. 아무도 보고 있지 않는데도 창피하고 부끄러워 얼굴을 들 수 없었다. 그 순간, 진심으로 먼지처럼 작고 가벼워지고 싶었다. 어느 틈에라도 들어가 숨을 수 있게.

다미는 밤 11시가 넘어서 집으로 돌아왔다. 다미는 피곤해 보였다. 어깨에 있는 고양이도.

그날, 다미에게 낮에 있었던 일들을 털어놓았다. 다미는 내 손을 꼭 잡고 위로해 주었다. 아무 일도 없을 거라고, 괜찮아질 거라고. 다미 손은 고양이의 폭신한 털처럼 아늑했다.

다미는 다음 날 학원 숙제 때문에 6시에 일어나야 한다면서 알람을 맞춰 두고 침대에 누웠다. 어깨 위의 고양이도 몸을 웅크린 채 잠이 들었다. 다미는 고단해 보였다. 당연했다. 다미는 다른 아이들보다 시간을 앞질러 가야 하는 아이였으니까. 그날 처음, 다미의 픽싱을 만져 보았다. 아무것도 만져지지 않는데도 고양이의 몸은 서늘했고 내 마음은 이유 없이 슬퍼졌다.

좀처럼 잠이 오지 않아 이리저리 몸을 뒤척였다. 간헐적으로 잠이 들긴 했지만 깊은 잠 속으로 빠져들지는 못했다. 시간을 확인하니 새벽 5시였다. 화장실에 가고 싶어 조용히 이불 속에서 빠져나와 방문을 열었다.

긴 복도를 걸어 화장실에 들어가려는데, 희붐한 새벽빛으로 인해 반대편의 안방 문이 반쯤 열려 있다는 것을 알게 됐다. 그 틈에서 빛이 새어 나왔다. 형광등 빛과는 다른 느낌이었기에 저절로 내 발길은 안방으로 향했다. 문틈에서 낯선 움직임이 감지되었다. 주홍색과 검은색이 오묘하게 섞인 줄무늬의 꼬리가 허공에서 살랑살랑 흔들리고 있었던 것이다.

'뭐지?'

가슴이 두근거렸다. 안쪽을 살펴보려는데 방문이 벌컥 열리며 아주머니가 나왔다. 아주머니는 이내 방문을 닫아 버렸다.

"여기서 뭐 하니?"

"……화장실에 가려다."

"그래? 안 그래도 깨우려 했는데."

"왜……요?"

"조금 전에 네 아빠한테 전화가 왔어. 널 데리러 오겠다고 하시네."

"지금이요?"

아주머니는 고개를 끄덕였다.

"어서, 준비하렴."

화장실에 갔다 온 뒤 다미 방으로 들어가 옷을 갈아입고 점퍼를 입었다. 잠든 다미에게 인사를 해야 하나 망설이다 방에서 나왔다. 소파에 앉아서 아빠를 기다렸다. 잠시 뒤, 벨이 울렸다. 아주머니는 인터폰으로 방문자를 확인했다.
"아빠 오셨네."

아주머니는 현관문을 열었다. 아빠가 중문 앞으로 다가왔다. 아빠의 인중과 턱에 까만 수염이 자라 있었다. 옷도 후줄근하게 구겨져 있었다. 초췌한 아빠 모습이 너무 창피했다. 아빠는 손에 든 프랜차이즈 빵집 봉투를 아주머니 앞으로 내밀며 나를 챙겨 주어서 감사하다고 말했다. 아주머니는 봉투를 무덤덤하게 받았다.
다미에게 인사를 하고 돌아가고 싶었지만, 어서 가자는 아빠의 재촉에 신발을 신을 수밖에 없었다. 아주머니에게 안녕히 계시라는 인사를 전했다. 아주머니의 표정에는 아무런 변화가 없었다.
밖으로 나와 아파트 단지 안의 정원을 걸었다. 자작나무가 늘어선 곳에는 일정한 간격으로 벤치가 놓여 있었다. 아빠는 산책길 끝에 있는 벤치 앞에서 멈췄다. 우리는 벤치에 나란히 앉았다. 새벽 겨울바람이 차가워 몸을 옹송그렸다. 발끝으로 언 바닥을 꾹꾹 찧었다. 아빠는 어깨를 수그린 채, 주먹을 쥐듯 양손으로 두 무릎을 움켜잡았다. 곧 깊은숨을 내쉬더니 조만간 이사를 가야 한다고 말했다. 너무 갑작스러운 상황에 머릿속이 텅 비어 버렸다.

텅 빈 머릿속에 어제 집에 방문한 어른들의 얼굴이 하나하나 떠올랐다.

"어제 찾아온 어른들이랑 관계있는 거예요?"

"넌 몰라도 된다."

아빠의 대답은 매몰찼다.

"어디로 가는데요?"

"호수마을."

"호수마을이요?"

아빠는 고개를 끄덕이며 바지 주머니에서 꼬깃꼬깃하게 접힌 천 원짜리 다섯 장을 꺼내 내 손에 쥐어 주었다. 아빠는 알아서 밥을 챙겨 먹으라는 말을 남기고 아파트 단지 밖으로 사라져 버렸다.

홀로 집 안으로 들어왔다. 방구석에서 몸을 잔뜩 웅크리고는 무릎을 바짝 끌어안았다. 벼랑 끝으로 몰린 듯 아슬아슬했다. 눈앞이 캄캄했다. 어둠 속에 갇힌 것만 같았다. 이럴 때 다미와 함께 있으면 얼마나 좋을까. 아무래도 다미를 보고 오지 않은 것이 후회되었다. 시간을 확인하니 오전 7시였다. 다미는 오전 6시에 알람을 맞춰 두고 잠이 들었다. 다미에게 전화를 걸었지만 묵묵부답이었다. 나는 무릎 위에 얼굴을 파묻고 눈을 감았다. 얼마나 시간이 지났을까. 휴대폰에서 메시지 알림음이 울려 확인을 했다. 다미였다.

─미안. 지금은 통화 못 해. 나중에 전화할게.

그해 겨울 방학은 추웠고 마음은 무거웠다. 종종 가라앉는 기분에 휩싸였다. 고양이 품처럼 따뜻한 다미가 그리웠다. 다미에게 전화를 걸고 문자를 보냈지만 답은 없었다.

며칠 뒤 다미에게 연락했을 때 다른 사람이 전화를 받았다. 번호가 바뀐 것이었다. 어째서 말도 없이 번호를 바꾸었을까. 화가 났고 배신감이 들었다. 다미의 마음을 알고 싶었다. 그러기 위해서는 다미를 만나야 했다. 틈나는 대로 103동 앞으로 가 다미를 기다렸다. 다미가 지나가면 바로 달려갈 수 있도록. 하지만 단 한 번도 다미를 보지 못했다. 다미에게도 사정이 있을 것이라 생각했다. 그래야만 견딜 수 있었다.

이후 호수마을로 이사를 가면서 나는 인근에 있는 중학교로 전학을 했고 그곳에서 3학년을 보냈다. 호수를 중심으로 신도시와 구도심이 마주 보고 있었다. 구도심 끝에 있는 호수마을은 그린벨트로 지정되었다. 삼십여 년 전에 지은 듯한 단독 주택들이 띄엄띄엄 있었고 간혹 방치된 빈집도 있었다. 호수마을의 밤은 깊고 어두웠다.

다미 소식을 들은 건 졸업식에서였다. 다미와 함께 특목고에 합격한 한 아이로부터 얘기를 들었다. 그 아이는 다미와 같은 학원을 다니고 있었다.

나는 집 근처의 호수고등학교에 입학했다. 고등학교에 와서는 자발적으로 혼자 다니기 시작했다. 일상에 변화를 주고 싶지 않았다. 무생물처럼 생각 없이 살고 싶었다. 타인으로 인해 나의 일상이 흔들리게 하고 싶지 않았다.

수온의 집

호수마을에 이르러 자전거 페달을 멈추었다. 수평선 너머로 높은 아파트 단지들이 눈에 들어왔다. 환한 불빛들이 점묘화처럼 펼쳐져 있었다.

파란 대문 앞에 도착하고 나서야 자전거에서 내렸다. 주머니에서 열쇠를 꺼내 구멍에 넣고 살살 돌렸다. 구멍이 뻑뻑하기 때문에 잘 맞춰야 한다. 오른쪽과 왼쪽으로 여러 번 시도하다 보니 철커덕, 문이 열렸다. 자전거를 끌고 대문 안으로 들어갔다. 마당은 컴컴했다. 어둠을 가로질러 자전거를 지하실 쪽으로 끌고 갔다. 지하실 앞에 처마가 있어 자전거를 두기에 안성맞춤이었다. 깊은 어둠이 드리워진 지하실 입구, 굳게 닫힌 문을 보자 가슴에 열이 올랐다. 외면하듯 고개를 돌린 뒤 자전거 뒷좌석 배달함에 넣어둔 피자를 꺼내 들고 계단을 뛰어올랐다.

종일 창문을 닫아 두었기에 집 안 공기는 텁텁했다. 창문 앞 건조대에 널어 둔 빨래들이 빳빳하게 말라 있었다. 바닥에는 외출 전에 벗어 둔 옷과 수건이 널브러져 있었다. 집 안은 엉망이었다. 사장님이 준 피자를 먹고 샤워를 한 뒤 방으로 들어왔다. 침대에 누워 눈을 감자마자 문밖에서 도어 록 열리는 소리가 들려왔다. 냉큼 침대에서 내려와 슬며시 방문을 열었다. 거실에 있는 아빠와 눈이 마주쳤다. 붉게 충혈된 눈빛과 벌건 얼굴. 술 냄새가 여기까지 전해졌다.

"안 잤니?"

낮고 가라앉은 목소리.

"소리가 나서 깼어요. 오늘은 어떻게……."

"서울에 일이 있어 왔다가."

아빠가 말하는 '일'이란 건물 투자 동업자인 아빠 친구, 그러니까 아빠를 배신한 아저씨를 찾는 일이었다. 아빠가 투자했던 그 건물은 애초에 존재하지 않았다. 아저씨는 아빠의 돈을 들고 잠적해 버렸다. 이 집으로 이사 온 뒤, 아빠는 지방에 있는 건설 현장에서 일용직으로 일을 시작했다. 토요일 늦은 오후에 집에 왔다가 일요일 늦은 밤에 떠났다. 일을 시작한 지 한 달 뒤부터는 주말에도 일을 한다면서 집에 오지 않는 날이 많았다. 어쩌다 집에 오면 아빠는 술을 마시고 잠을 잤다. 아빠는 유령처럼 조용히 왔다가 사라졌다. 그 당시 내가 느낀 감정은 모두 부정적인 것들이었다. 두려움, 불안, 걱정……. 감정은 무겁고 버거웠다. 나를 어딘가로 끌어 내렸다. 나는 돌이 되고 싶었다. 듣지도 보지도 느끼지도 못하는 무생물이. 그리고 얼마 뒤, 아빠 몸에 붙어 있는 픽싱을 보았다.

  아빠의 등에 하얗고 진득한 무언가가 붙어 있었다. 어릴 때 갖고 놀던 액체 괴물이나 젤리를 닮은 모습이었다.

  아빠는 거실을 둘러보았다. 어질러진 공간을 훑어보는 아빠의 얼굴 표정은 눈 코 입이 없는 유령처럼 무감했다. 아빠는 목이 마르다며 부엌으로 들어갔다. 아빠의 픽싱을 확인하기 위해 등을 살폈다. 반투명한 젤리는 아빠 등을 완전히 덮어 버렸다. 젤리는 목과 허리로 번져 가고 있었다. 언젠가는 온몸이 투명해질까. 아빠는 사라져 버릴까. 두려움에 어둠이 깃든 방으로 몸을 숨겼다.

  "자라."

  거실에서 나온 아빠는 그 말을 남기고 돌아섰다. 비틀비틀 몸을 흔들며. 안방 문이 열렸다 닫히며 아빠의 픽싱인 젤리도 사라졌다.

아웃사이더 정도경

8시 25분. 자전거를 거치대에 고정해 놓고 교실을 향해 뛰었다. 헉헉 숨을 몰아쉬며 교실 안으로 들어서자 아이들이 책상 앞에 앉아 있었다. 자리에 앉아 숨을 고른 뒤 무연히 창문 쪽으로 고개를 돌렸는데, 가장 뒤에 앉아 있는 도경이 눈에 들어왔다. 도경은 책상 위에 펼쳐 놓은 책에 집중하고 있었다.

정도경은 키가 크고 어깨도 넓었다. 눈에 띄는 잘생긴 외모는 아니었지만 훈훈한 인상 덕분에 학기 초 여자아이들에게 관심을 받았다. 도경은 잘 알려지지 않았기에 더욱 호기심을 자극했다. 하지만 도경은 아이들을 차갑게 대했다. 시간이 지날수록 도경을 향한 아이들의 관심은 시들었다. 나 역시 지금껏 도경과 한마디 말을 섞어 본 적이 없다.

곧 담임이 교실에 들어왔다. 담임은 출석 체크를 하고는 1교시 수업 준비를 하라는 말을 남기고 나갔다. 조용했던 아이들이 다시 웅성거리자 귓구멍에 무선 이어폰을 꽂고 세상과 나를 분리했다.

수업 종이 울리고 국어 선생님이 교실 안으로 들어오고 나서야 무선 이어폰을 뺐다.

"수업에 앞서 삼 주 뒤에 있을 수행 평가에 대해 안내할게요. 조별 발표를 진행할 겁니다. 발표 주제는 '나 자신'이고요. 세부적인 주제는 조별로 정하도록 하세요. 주제는 '나의 꿈', '나의 가족' 등 자유롭게 정하면 좋겠어요."

선생님은 발표 날짜를 칠판에 적었다.

조별 발표라니. 내게 가장 난감한 과제다. 아이들의 뒤통수를 둘러보았다. 나는 누구와 조별 과제를 할 수 있을까.

선생님은 조를 짤 방법에 대해 이야기했다. 번호 순서대로 할 것인지 제비뽑기를 할 것인지, 아니면 원하는 아이들끼리 자율적으로 할 것인지. 다수의 아이들이 세 번째 방법을 원했고 선생님은 그 뜻을 따랐다.

"두 명 이상이 한 조를 꾸리면 되고, 반장이 오늘 중으로 명단을 전해 주세요. 발표 주제는 이 주 뒤까지 제출해야 합니다."

아이들은 네,라고 대답을 했고 선생님은 바로 수업을 시작했다.

머릿속은 수행 평가 조에 대한 생각으로 꽉 차 있어 수업 내용이 하나도 귀에 들어오지 않았다. 수업 시간이 훌쩍 지났고 쉬는 시간을 알리는 벨이 울렸다.

반장은 아이들을 향해 조를 짜서 점심시간까지 알려 달라고 전했다. 아이들은 조를 만들기 위해 삼삼오오 모이느라 분주했다.

의자에 붙어 있는 사람은 나뿐인가. 눈동자를 굴려 주변을 살폈다. 한 명 더 있었다. 정도경. 그때 정도경이 고개를 내 쪽으로 돌렸다. 우린 눈이 마주쳤다. 이윽고 도경이 움직이기 시작했다. 드르륵, 의자를 뒤로 밀고 일어선 도경이 내 쪽으로 성큼성큼 다가왔다.

'설마 아니겠지.'

설마는 진짜가 되었다. 도경이 책상 옆에 서서 나를 내려다보았다.

"너, 같은 조 할 사람 있어?"

귀에는 오로지 도경 목소리만 들려왔다. 그런데도 쉽사리 입이 떨어지지 않았다.

"왜?"

"나랑 같은 조 하면 어떨까 해서."

"너랑 나랑?"

"응."

"일단 생각해 볼게."

"생각할 필요까지 있을까?"

도경은 무미건조하게 물었다.

"뭐?"

어이가 없어 정색을 했지만 도경의 말은 틀리지 않았다. 하긴, 도경과 한 조가 되는 것이 내게는 최상의 선택일지 몰랐다. 도경 역시 남 일에 무관심하니까. 절대로 도경의 픽싱을 볼 일은 없을 테니까.

"그래. 좋아."

도경과 나는 한 조가 되기로 했다.

"주제를 정해야 하는데. 생각해 둔 거 있어?"

나는 모르겠다고 답했다.

"시간 충분하니까. 천천히 생각해 보자."

도경은 내 앞으로 휴대폰을 내밀었다.

"뭐야?"

"번호를 공유해야 하지 않을까?"

도경 휴대폰에 내 번호를 입력한 뒤 돌려주었다. 도경이 휴대폰의 통화 버튼을 누르자 가방 속에 있던 휴대폰에서 진동음이 울렸다. 정도경은 저장해 둬,라는 말을 남기고 반장에게 다가가 나랑 조를 짰다고 알린 뒤 제자리에 앉았다.

4교시가 끝난 뒤 아이들은 우르르 식당으로 몰려 나갔다. 그 무리에 도경도 있었다.

밥맛이 없었다. 책상에 엎드려 있을까 하다가 식사를 마치고 교실에 몰려들 아이들이 그려지자 교실을 벗어나는 게 좋을 것 같았다. 나는 휴대폰과 무선 이어폰을 챙겼다.

운동장을 배회하며 혼자 있을 만한 장소를 물색했다. 아무도 찾지 않는 곳이어야 했다. 떠오르는 곳은 학교 숲 근처였다.

학교 숲의 경계에는 크고 작은 바위들이 늘어서 있었다. 그중 가장 큰 돌에 걸터앉았다. 돌들과 섞여 있으니 마치 무생물이 된 것 같았다. 주머니에 넣어 둔 휴대폰에서 진동음이 울렸다. 휴대폰을 살피자 낯선 번호가 떠 있었다. 통화를 누른 뒤 조심스럽게 여보세요,라고 물었다.

"수온아, 나 다미."

다미. 어제 번호를 물었던 다미였다. 번호를 저장해 두지 않아서 깜박했다.

"점심시간이지?"

"으응."

"일요일에 더 얘기하고 싶었는데 상황이 여의치 않았어."

다미는 계속 자기 이야기를 이어 나갔다. 아빠가 해외 파견 근무를 나가서 엄마와 둘이 지낸다고. 고등학교에 간 뒤로 아침에 눈을 뜨면 새벽 두 시에 잠들 때까지 공부를 하고 있으며, 나랑 같이 지냈던 시간이 그리울 때가 있다고 했다.

다미의 모든 이야기는 급작스러웠다. 그런데도 지난 시간의 기운이 몸으로 한껏 밀려들었다. 과거의 시간이 현재로 다가와, 다미와 함께 그네에 나란히 앉아 있는 듯한 착각을 불러일으켰다.

"우리 만날까?"

다미가 그 말을 던진 순간, 좋았던 기억이 순식간에 사라지며 다미가 잠수를 탔던 일이 떠올랐다. 무슨 말을 해야 할지 몰라 잠자코 있었다. 다미는 나의 침묵이 긍정적인 반응이라 생각한 것인지, 복잡한 내 마음은 아랑곳하지 않고 계속 말을 이어 갔다.

"쉴 수 있는 날은 한 달에 두 번 금요일 저녁뿐이야."

쉴 때는 무엇을 하느냐고 물었다.

"부캐 클럽에 가."

"부캐 클럽?"

낯선 이름에 되물었다.

"한 달에 두 번 카페 빌려서 아이들이 자기가 좋아하는 캐릭터로 변신해서 노는 거야. 가면을 쓰기 때문에 얼굴은 알 수 없어. 일종의 코스프레지."

당황스러웠다. 다미가 그런 모임에 가입했다는 것이.

"너도 같이 갈래?"

"나도?"

"엄마한테 말하면 데려다줄 거야."

"너, 거기 가는 거 엄마도 아셔?"

"당연하지."

아주머니가 다미를 그런 곳에 보낸다는 것이 의외라고 생각했다. 다미와 아주머니 사이에는 여전히 비밀이랄 게 없는 모양이었다. 부캐 클럽에 가는 것도 아주머니의 계획이었을까. 다미의 픽싱, 귀엽고 신기한 무늬와 눈빛을 가진 고양이가 떠올랐다. 문득 새벽녘에 아주머니 방에서 보았던 검은색과 주홍색이 섞인 긴 꼬리가 생각났다. 그날 내가 본 것은 무엇이었을까. 잠결이라 잘못 보았을 수도 있다.

"수온아, 왜 말이 없어?"

"응?"

"가기 싫어?"

"그게……."

"같이 가는 거다."

달뜬 다미 목소리는 나를 혼란스럽게 했다.

"……."

"같이 가자, 수온아. 응?"

다미는 어린아이처럼 보챘다. 솔직히 내가 궁금한 건 부캐 클럽이 아니다. 이 년 전 다미가 내 연락도 받지 않고 번호까지 바꾼 이유다. 동시에 이렇게 갑자기 다가온 까닭에 대해서도 알고 싶었다.

"좋……아."

"그럼 예약은 내가 할게. 장소랑 시간은 문자로 보내 줄게."

다미 목소리에 생기가 돌았다.

"알았어."

"맞다! 캐릭터는 네가 정하고 챙겨야 해."

"캐릭터?"

"응, 네가 원하는 캐릭터 옷을 입어야 해. 그래야 입장이 가능해."

캐릭터라니. 난감했지만 아무튼 알았다고 말해 버렸다.

전화를 끊고 나서야 다미와의 통화가 믿기지 않았다. 지금까지 다미와 나눈 이야기는 뭔가 비현실적이었다.

인터넷에서 부캐 클럽을 검색했다. 다양한 캐릭터로 변신한 아이들의 사진과 영상이 나타났다. 익숙한 듯하면서도 낯설었다. 동물 같기도 하고 괴물 같기도 했다. 어떤 아이들은 자신을 바람이나 물로 표현하기도 했다. 모두 가면을 쓰고 있어 얼굴은 알 수 없었다. 문득 다미의 캐릭터가 궁금했다.

점심시간이 끝나기 오 분 전이었다. 자리에서 일어나 엉덩이에 묻은 먼지를 탈탈 털었다. 초록으로 무성한 학교 숲 쪽으로 눈길을 돌렸다.

멀리 도경이 오른쪽 옆구리에 책을 끼고 교실 쪽으로 걸어가고 있었다. 도경은 점심시간 내내 학교 숲에 있었던 걸까. 그곳에서 책을 읽은 걸까. 도경은 자기만의 세계가 분명해 보였다. 아무도 관심을 두지 않는 책을 가지고 다녔다. 그 점이 도경에게 거리감을 두게 했다. 자기 세계가 확실하다는 것은 장점일 수도 있지만, 어디에도 어울리지 못하는 아이는 외로울 수밖에 없다. 도경도 외로움을 알까. 외로움을 공유한다고 해서 도경과 가까워지고 싶은 바람은 절대 없다. 같은 조를 하기로 한 건, 수행 평가를 위해서일 뿐이다.

부캐 클럽

마을버스에서 내리자마자 다미가 보내 준 링크로 부캐 클럽 장소를 확인했다. 신도시 로데오 거리에 있는 카페였다. 버스 정류장에서 내려서 이삼 분이면 닿는 곳이었다.

쇼윈도를 거울 삼아 내 모습을 비춰 보았다. 단화와 청바지, 흰 티셔츠와 짧은 단발머리. 평소 모습을 하고 나왔다. 다미는 캐릭터 복장이 필수라고 했지만 어떤 모습으로 꾸며야 할지 떠오르지 않았다. 내게 중요한 건 지난날의 진실이었다.

카페 유리문에는 대관으로 인해 손님을 받지 않는다는 문구가 적혀 있었다. 시간을 확인했다. 오후 7시 오 분 전. 곧 다미를 만날 생각을 하자 마음이 복잡해졌다.

7시 정각, 카페 앞에 검은 승용차 한 대가 미끄러지듯 들어섰다. 곧 보조석 창문이 열렸다.

"수온아!"

다미였다. 다미는 짧게 손을 흔들더니, 차에서 내렸다. 운전석에는 아주머니가 앉아 있었다. 고운 화장과 머릿결에 반해 표정은 냉랭했다.

"안녕하세요?"

몸을 수그리며 인사를 전했다. 그사이 다미가 차에서 내렸다.

"엄마, 아홉 시에 데리러 올 거죠?"

차가웠던 아주머니의 얼굴에 금세 웃음이 담겼다.

"응, 둘이 즐거운 시간 보내."

아주머니의 마지막 시선은 다미에게 머물렀다.

"알았어요."

다미의 대답과 동시에 창문이 닫히고 차는 출발했다. 다미 옷차림을 자세히 보았다. 치맛자락에 레이스가 풍성한 하얀 원피스를. 다미는 분홍 귀가 달린 머리띠를 했는데, 그 모습이 귀여운 하얀 고양이 같았다. 어깨 위에서 얼굴을 파묻은 픽싱은 하얀 옷에 묻은 얼룩처럼 느껴졌다.

"뭐야? 그렇게 오면 어떻게 해?"

다미는 나를 위아래로 훑어보며 말했다.

"아무리 생각해도 어떻게 옷을 입어야 할지 모르겠어서. 그리고 오늘은 널 보러 온 거야."

"그래도 이 차림으로는……. 이리 와 봐."
 다미는 고개를 가로젓더니 내 손을 잡아끌고는 카페 문을 열었다. 입구에 마련된 긴 탁자 위에는 다양한 옷들이 전시되어 있었다. 구입해서 착용할 수 있다는 문구와 함께.
 "이 옷들은 뭐야?"
 "부캐 클럽 회원들이 기증한 옷이야. 고등학교를 졸업하면 이 모임에 참여할 수 없으니까. 다 회원들이 만든 옷이야."
 "네 옷도 네가 만든 거야?"
 "내가 아니라 엄마가. 제작 주문해서……."
 다미는 말끝을 흐렸다.
 "어서, 골라 봐."
 나와 어울릴 만한 옷을 찾기 위해 살폈다. 하지만 나와 어울리는 것이 무엇인지 몰랐다.
 "이거 어때?"
 다미가 고른 옷에는 반짝이는 스팽글이 촘촘하게 박혀 있었다. 이 옷은 절대 나와 어울리지 않았다. 하지만 다미는 무턱대고 그 옷을 계산해 달라며 지갑에서 카드를 꺼내 내밀었다. 스태프는 카드를 받았다. 그 과정을 지켜보는 내내 마음이 불편했다. 스태프가 카드를 리더기에 긁기 직전, 다미의 손을 잡았다.
 "다미야, 하지 마. 난 괜찮아. 이대로가 편해. 진짜야."
 "안 돼. 옷을 입어야 들어갈 수 있어."

다미의 표정이 굳어지면서 목소리가 커졌다. 그 순간, 다미가 낯설었다. 오래전의 수줍음 많고 조용했던 다미와 달랐다. 하긴, 이 년 가까이 시간이 지났으니까. 그 시간은 누군가를 변하게 하기에 충분할지 모르니까.

"평상복으로는 출입할 수 없어요."

매대 앞에 서 있던 스태프가 심드렁하게 말했다. 다미 의견을 받아들일 수밖에 없었다. 다미 어깨 위에서 웅크리고 있는 고양이에게 눈을 돌렸다. 설명할 수 없는 감정이 휘몰아쳤다.

계산을 마친 뒤 스태프는 우리에게 이름을 물었고 다미가 답했다.

"손다미, 박수온이요."

스태프는 명단에서 다미와 내 이름을 확인한 뒤, 눈만 보이는 가면을 주었다. 우리는 가면을 썼다.

"얼른 들어가서 갈아입자."

다미는 내 손을 잡고 안으로 이끌었다.

"저기서 갈아입고 와. 옷이랑 가방은 바구니에 넣어 보관함에 두면 돼."

다미는 내 품에 옷을 안긴 뒤 구석에 있는 간이 탈의실을 가리켰다.

탈의실에서 옷을 갈아입고 나와 거울을 보았다. 옷에 달린 색색의 스팽글에 빛이 닿으면 내 몸이 반짝였다. 그 모습이 부끄러워 어딘가에 숨고 싶었다. 다미가 내 쪽으로 다가왔다.
"이상하지 않아?"
다미는 고개를 가로저었다. 옷이 몸에서 겉도는 것처럼 어색해 자꾸만 옷자락을 쓸어내렸다. 흥겨운 음악 소리가 카페 안을 가득 채웠다. 곳곳에 가면을 쓴 다양한 캐릭터들이 흩어져 있었다. 무엇이라 형언할 수 없는 존재들이 이 공간에 가득했다. 평소에 드러낼 수 없는 자신의 또 다른 모습을 가감 없이 표현하려는 듯했다. 그래서일까. 시간이 지날수록 묘한 감정이 밀려들었다. 낯선 행성에 온 기분이라고 할까.
동양적인 금색 무늬의 무예복을 입은 아이가 다미에게 다가왔다.
"이거."
그 애는 손에 든 비닐 백을 다미에게 전해 주었다.
"맡아 줘서 고마워."
"앞으로는 힘들어."
"알았어."
그 애는 뒤돌아서 자리를 벗어났다.
"그건 뭐야?"
다미에게 물었다.
"곧 알게 될 거야. 잠깐만 기다려."
다미는 오묘한 미소를 지은 뒤 비닐 백을 들고 탈의실 안으로 들어갔다. 잠시 뒤 밖으로 나온 다미는 다른 모습이었다. 고양이에서 호랑이가 됐다. 호랑이 문양의 옷을 입은 다미의 어깨와 등 쪽에는 날개 모양의 금박이 붙어 있었고, 팔목과 무릎에는 방패 모양의 보호대가 붙어 있었다.

비트가 강한 음악으로 바뀌자 아이들은 삼삼오오 모여 셀카를 찍고 브이로그를 촬영했다. 몇몇은 실시간 라이브 방송을 켜기도 했다. 아이들은 시시각각 자신의 또 다른 자아를 세상에 드러내고 있었다.

한 무리의 사람들이 다미에게 몰려들었다. 그들이 다미 주변을 감싸고 돌아, 나는 뒤쪽으로 밀려나고 말았다.

"와, 이건 전설의 타이거 워리어잖아."

한 아이의 말에 주변 아이들이 동요했다. 그들은 쉴 새 없이 이야기를 주고받았다. 나는 그 말들로 상황을 이해했다. 타이거 워리어는 부캐 클럽 안에서 유명했다. 이 클럽을 창설한 아이가 만든 옷으로, 스무 살이 된 뒤 이 옷을 기부했다고 했다. 이후 대를 이으며 물려주고 물려받으며 진화했다고 했다. 그러니까 이 옷에는 여러 아이의 창의성이 녹아든 것이다. 한 아이가 다미에게 그 옷을 어떻게 갖게 되었는지 물었다.

"봄에, 경매에서 샀어."

아이들은 놀라워했다.

"비싸지 않았어?"

"뭐, 조금."

다미는 쑥스러워했다.

솔직히 이해할 수 없었다. 저 옷이 무슨 의미길래 비싼 돈을 지불하면서까지 다미는 갖고자 했을까. 왜 이 아이들은 다미를 부러워하는 걸까. 어쨌든 다미는 이 세계에서 가장 주목받고 있다. 내가 끼어들 수 없을 정도로. 가면 때문에 다미 표정은 보이지 않았지만 행복감과 만족감이 전해졌다. 이 세계에 속하지 못한 나는 숨어 있을 곳이 필요했다. 주변을 두리번거리다 안쪽에 놓여 있는 긴 의자 쪽으로 자리를 옮겼다. 의자에 앉아 다미를 지켜보았다. 다미는 아이들과 함께 사진을 찍느라 바빴다. 지난날 교실에서의 조용하고 차분했던 모습은 없었다. 그 모습은 어깨 위에 픽싱이 대신하고 있는 것처럼 고양이는 얼굴을 다리에 파묻은 채 웅크리고 있었다. 궁금했다. 다미는 왜 내게 이곳에 같이 오자고 한 것인지.

잠시 뒤, 무대 위에서 음악 소리가 들려왔다. 아이들은 모두 그곳을 주목했다. 스태프가 무대 위에서 마이크를 잡고 있었다.

"지금부터 즉석 경매를 시작하겠습니다. 즉석 경매는 말 그대로 즉흥적으로 이뤄지는 경매로 원하는 사람이면 모두 참여 가능합니다. 입찰자가 없으면 즉시 종료합니다. 경매에 올리고 싶은 부캐가 있나요?"

한 아이가 손을 들었다. 그 아이는 위아래로 타이트한 검정 옷을 입고 있었다.

"올 블랙 님, 올라오세요."

진행자의 말에 올 블랙이 무대 위에 올라섰다. 환한 조명이 올 블랙에게 쏟아졌다. 그러자 올 블랙의 진가가 드러났다. 미세한 움직임에도 빛에 반사되어 무지갯빛 홀로그램이 몸에서 일렁였다.

"올 블랙 님에게 묻겠습니다. 원하는 가격이 있나요?"

진행자는 마이크를 올 블랙에게 내밀었다.

"오만 원이요."

"자, 오만 원부터 시작하겠습니다."

진행자가 운을 떼우자 무대 아래에 있는 잠의 여신이 육만 원을 불렀다. 이어 블루 캣이 칠만 원을 말했다. 그러자 더 이상 나서는 캐릭터가 없었다.

"칠만 원 나왔습니다. 더 이상 없습니까?"

사방이 조용했다. 그때, 타이거 워리어인 다미가 손을 들었다.

"십만 원이요."

약속이라도 한 듯 곳곳에서 함성이 쏟아졌다. 십만 원이라니. 십만 원을 넘어설 수 있을까. 사방에서 웅성거리는 소리만 들릴 뿐 아무도 나서지 않았다.

"타이거 워리어 낙찰입니다. 앞으로 누구도 올 블랙을 표현할 수 없습니다. 타이거 워리어만의 능력이 되었습니다."

올 블랙은 다미 차지가 되었다. 다미만이 표현할 수 있는 능력.

이곳에서 다미는 원하는 것을 가질 수 있었다.

　무대 아래로 내려가는 올 블랙을 눈으로 좇았다. 저 아이는 누구일까. 올 블랙이라는 캐릭터는 저 아이에게 어떤 의미일까. 올 블랙은 캐릭터들을 지나쳐 탈의실 안으로 들어갔다. 한참이 지나도 나타나지 않았다.

　다미의 몸짓에서 밝고 해맑은 기운이 솟았다. 하지만 어깨 위의 고양이는 여전히 기운이 없었다. 다른 아이의 상실 앞에서 웃고 있는 다미가 낯설었다. 내가 알고 있는 다미가 아닌 건가. 누구나 변할 수 있다. 그런데 다미를 지켜보는 내 마음은 왜 불편한 걸까. 주머니에 넣어 둔 휴대폰에서 벨이 울렸다. 다미였다.

"응, 다미야."

"어디 있어?"

　몸을 돌려 가며 주변을 살피는 다미를 향해 머리 위로 손을 올렸다. 다미가 부캐들을 피해 내 쪽으로 다가왔다.

"왜 혼자 있어?"

"어쩌다 보니."

　나는 다미에게 올 블랙을 왜 샀느냐고 물었다.

"왜긴, 갖고 싶으니까."

　다미의 대답은 나머지가 없는 나눗셈처럼 명료했다. 갖고 싶은 마음은 누구나 들 수 있다. 하지만 원한다고 해서 누구나 소유할 수 있는 것은 아니다. 나의 마음은 나머지가 계속 남는 나눗셈 같았다.

"넌 부캐 클럽을 어떻게 알게 된 거야?"

"에스엔에스 보다가. 화려한 변장을 하고 사진이랑 영상을 찍어 올린 걸 보는데 막 가슴이 두근거리는 거야. 고등학생만 참여할 수 있더라고. 엄마가 허락 안 할 것 같아서 포기했다가 성적 올리기로 약속하고 어렵게 허락받았어. 그 대신 엄마가 만들어 준 옷을 입어야 하고 아홉 시까지만 있을 수 있지만."

"그래서 하얀 원피스를 입은 거야?"

다미는 고개를 끄덕였다.

"타이거 워리어 옷은 왜 갈아입은 거야?"

"그건……."

다미는 더 이상 말을 잇지 않았다. 가면 사이로 드러난 다미의 눈을 뚫어져라 보았다. 다미의 눈빛이 달라졌다. 어쩐지 그 눈빛에서 웅크리고 있는 고양이 픽싱이 느껴졌다.

"내가 여기 온 또 다른 이유는, 너 때문이기도 해."

느닷없는 다미의 말에, 나는 조금 놀랐다.

"나 때문이라니?"

"네가 예전에 해 준, 사람 몸에 붙어 있다는 픽싱 이야기. 네가 지어낸 이야기 있잖아. 이상하게 그 이야기가 잊히지 않았어. 시간이 지날수록 계속 생각이 났어."

다미가 픽싱을 기억하고 있을 줄 몰랐다. 내게는 감추고 싶은 이야기였으니까.

"그래서 말인데, 넌 표현하고 싶은 캐릭터 없어?"

다미가 다시 물었다.

"잘 모르겠어."

다미는 실망한 눈빛을 하더니 시간을 확인했다.

"벌써 여덟 시 사십 분이야. 엄마가 올 때가 됐는데 올 블랙은 어디 있는 거지? 옷을 받아야 돈을 보내 줄 텐데."

"탈의실로 간 것 같은데."

"정말? 거기로 가자."

다미는 내 손을 잡고는 탈의실 쪽으로 향했다. 평상복에 가면만 쓴 아이가 보였다. 그 아이가 다미를 알아본 듯 우리 쪽으로 다가왔다.

"너, 맞지? 경매에서 내 옷 산 타이거 워리어."

"응, 안 그래도 찾고 있었어."

"여기."

그 애는 옷이 든 봉투를 다미에게 내밀었고 다미는 봉투 안의 올 블랙 의상을 확인하고는 계좌 번호를 물었다. 다미는 그 애가 알려 준 계좌로 돈을 송금했다. 입금된 돈을 확인한 아이가 다미를 똑바로 보았다.

"소중히 여겨 줘. 내가 정성스럽게 만든 거니까."

"응."

다미가 웃으며 답했다. 거래를 마친 아이는 힘없이 돌아서서 밖으로 나갔다. 나는 그 애의 뒷모습에서 눈을 뗄 수가 없었다.

"우리도 얼른 옷 갈아입자."

다미가 내 손을 잡았다.

탈의실에서 나온 나는 현실의 본체로, 다미는 상냥한 흰색 고양이로 돌아왔다. 다미 어깨 위의 고양이가 도드라져 보였다. 다미는 타이거 워리어와 올 블랙 옷을 가방 속에 넣으며 말했다.

"수온아, 오늘 일은 엄마한테는 비밀이야. 옷도, 경매도."

나는 고개를 끄덕였다.

"그런데 이 옷은 어떻게 하지?"

나는 손에 쥔 옷을 다미에게 보여 주며 물었다.

"선물이야. 오랜만에 다시 만난 기념으로."

'선물, 선물이라니.'

괜찮다고 말하고 싶었지만, 그냥 가져가라고 할 다미의 채근이 귀찮아 옷을 가방 속에 넣었다.

"그런데 수온아, 너 알바는 왜 하는 거야? 공부만 해도 벅차지 않아?"

알바를 하는 이유는 단 하나다. 스쿠터를 사고 싶기 때문에. 나는 다미처럼 원하는 것을 내키는 대로 살 수 없으니까. 하지만 이런 사정까지 다미에게 말하고 싶지 않았다. 우리에게는 다른 부분이 많다는 것을 이미 알아 버렸으니까.

"그냥, 뭐, 용돈도 벌고 그러려고."

다미는 더 이상 묻지 않았다. 다미는 몸을 좌우로 돌려 가며 아주머니 차를 기다렸다. 그때, 고양이가 내 어깨에 닿았다. 스산한 기운에 나도 모르게 소스라쳤다. 예전에도 다미의 픽싱을 만져 본 적이 있었다. 그때도 오묘하게 서늘했다. 내 감정은 이상하게 가라앉았다. 그 순간 여기 온 진짜 이유가 생각났다.

"다미야, 궁금한 게 있는데."

다미는 커진 동공으로 나를 바라봤다.

"이 년 전에, 왜 내 전화 안 받았어?"

다미의 눈빛이 흔들렸다. 내 눈을 피해 시선을 멀리로 돌렸다. 생각에 잠긴 듯 조용했다. 어서 다미가 대답해 주기만을 기다렸다.

"그때는…… 사정이 있었어."

"사정이라니?"

다미의 눈빛에서 불안감이 느껴졌다. 그때 검은 승용차가 우리 쪽으로 미끄러지듯 다가와 멈춰 섰다.

"엄마다."

다미의 말과 동시에 보조석 창문이 내려가며 아주머니의 얼굴이 나타났다.

"다미야, 어서 타."

"네."

다미는 내 팔을 잡고는 차의 뒷좌석 문을 열었다.

"수온아, 같이 가자."

"난 버스 타고 가면 되는데."

"아니야. 엄마가 데려다줄 거야."

아주머니는 어색하게 웃으며 내게 타라고 말했다.

다미와 나는 뒷좌석에 나란히 앉았다. 건조했던 아주머니의 표정이 내 눈과 마주치자 웃음 짓는 얼굴로 바뀌었다.

"집이 어디니?"

"호수마을이요."

아주머니는 내비게이션에 호수마을을 입력하고 출발했다.

신도시에서 멀어질수록 빛들은 사라졌다. 창문 밖으로 어둠이 짙어졌다. 어느새 마을 입구에 도착했다. 드문드문 들어선 집들에서 불빛이 새어 나오고 있었다. 옆에서는 잠이 든 다미의 숨소리가 새근새근 들려왔다.

"네가 이 동네에서 살고 있는지 몰랐네."

아주머니가 창밖을 힐끗거리며 말했다. 나는 룸 미러로 아주머니를 보았다. 눈빛이 차가웠다. 오랜만에 만났기 때문일까. 그런데도 언젠가 마주한 듯한 느낌이 들었다.

"집 앞까지 데려다줄 테니, 미리 얘기해 줄래?"

아주머니가 눈썹을 가운데로 모으며 말했다.

"조금만 더 가면 파란 대문 집이 나올 거예요."

잠시 뒤, 어둠을 가르던 차가 파란 대문 집에서 멈추었다. 다미는 깊은 잠에 빠져 있었다. 아주머니는 곤히 자는 다미를 깨우고 싶지 않다고 했다. 나는 데려다주셔서 감사하다는 말을 전하고 차 문손잡이를 잡아당겼다.

"조심히 들어가라."

아주머니의 인사를 뒤로하고 차에서 내렸다. 차는 불빛을 내며 골목을 빠져나갔다. 빛이 완전히 보이지 않게 된 뒤에야 대문을 열었다.

어둠에 익숙해진 눈에 마당의 전경이 들어왔다. 우두커니 서 있는 자전거 쪽으로 다가갔다. 나의 온기가 스미지 않아서일까. 자전거는 외로워 보였다.

"하루 종일 심심했니?"

말을 붙여도 대답 없는 자전거. 피식, 웃음이 새어 나왔다. 지하실 문이 눈에 들어왔다. 저 공간은 여전히 불편했다. 나는 서둘러 계단을 뛰어올랐다.

집 안으로 들어오자마자 창문을 활짝 열었다. 밤공기가 제법 선선했다. 지금쯤 다미는 집에 도착했겠지. 나는 다미의 선물을 가방에서 꺼낸 뒤 오늘의 일을 복기했다. 올 블랙을 생각했다. 다미에게 그 옷을 소중히 여겨 달라던 당부도. 올 블랙에게 그 옷은 자신의 일부였을까. 그 소중한 걸 어떤 이유로 경매로 내놓아야 했을까. 그 마음은 어땠을까. 불현듯 아빠 얼굴이 가물거렸다. 상실, 절망……. 지금에야 아빠 얼굴에 묻어 있던 감정을 읽어 낼 수 있었다. 그 아이의 표정은 그날의 아빠 얼굴과 닮아 있었다.

알고 있었다. 그 당시 아빠 일이 어렵다는 것을. 좋은 일로 바쁜 것과 나쁜 일로 바쁜 것에는 차이가 난다. 좋은 일로 바쁠 때는 표정과 몸짓에서 밝은 기운이 고스란히 풍겨 나온다. 말하지 않아도 에너지를 느낄 수 있다. 하지만 그 당시 아빠는 아슬아슬하고 위태로웠다. 덩달아 나도 불안했고, 그래서 안정적인 다미네 집에 오래 있고 싶었다.

잊고 있던 또 하나의 기억이 따라왔다. 나는 다미 방에서, 그 아이의 브랜드 옷을 몰래 입어 보았다. 거울 속의 나를 보며 다미와 쌍둥이 자매이기를 바란 적이 있었다. 다미의 엄마가 나의 엄마이기를 원한 적도 있었다.

타이거 워리어인 다미를 둘러싼 아이들의 동경 어린 눈빛들. 다미는 달라졌다. 그런 다미가 나는 불편했다. 그 감정의 이유를 이제야 알았다. 나는 과거에도 지금도 다미를 부러워하고 있다. 내가 아무리 노력해도 다미가 될 수 없다는 것을 알기 때문에. 다미에게 내 번호를 알려 준 것도, 부캐 클럽에 간 것도 후회됐다. 다미가 선물해 준 옷을 들고 방으로 들어와 옷장 안 구석에 밀어 놓고는 문을 닫아 버렸다.

나라는 존재

 월요일은 다른 날보다 길게 느껴진다. 월요병에 단단히 걸리고 말았다. 쉬는 시간마다 짧은 잠을 청했다. 3교시 수업이 끝나자마자 엎드렸다. 양손을 포갠 손등에 이마를 대고 눈을 감았다.
 똑똑, 책상에서 노크 소리가 들려왔다.
 "저기."
 도경의 목소리에 몸을 일으켰다.
 "왜?"
 "수행 평가 준비를 해야 할 것 같은데."
 맞다. 수행 평가를 잊고 있었다.
 "그러네. 어떻게 하지?"
 "주말에 시간 돼?"
 "알바 하는데."

"아, 그래? 그럼 언제 시간 괜찮아?"

"월요일이랑 금요일은 쉬어."

도경은 잠시 뜸을 들이고는 말문을 열었다.

"그럼, 오늘 수업 끝나고 호수도서관에서 볼 수 있어?"

"호수마을도서관?"

"응."

갑작스러운 약속에 당황스러워 말을 잇지 못했다.

"아, 학원 가야 하나?"

나의 침묵에 도경이 물었다.

"난 학원 안 다녀. 너야말로 괜찮아?"

"나도 학원 안 다녀."

학원을 안 다니는 아이는 나뿐인 줄 알았는데.

"좋아. 그런데 꼭 도서관까지 가야 해?"

"자료 찾기 쉽잖아."

"자료?"

"도서관에는 책이 많으니까……. 힘들어?"

"아니, 뭐…….""

사실 조금 귀찮았지만 별다른 대안이 없는 나는 그러자고 할 수밖에 없었다.

"그럼 다섯 시에 보자."

도경은 그 말을 남기고 자리로 돌아가 앉아 책상에 펼쳐져 있는 책에 시선을 내려놓았다.

　도서관은 호수를 중심으로 동쪽에 있다. 신도시와 구도시의 중간 지점에 있는데, 구관은 오십 년 전에 지어졌고 신관은 신도시가 생기면서 건설되었다.
　시간의 차이만큼 구관과 신관은 외관부터 달랐다. 구관은 5층의 빨간색 벽돌 건물로, 표면에는 담쟁이넝쿨이 뒤덮여 있었다. 어릴 때 아빠와 함께 이 도서관에 자주 왔었다. 아빠는 서가를 거닐며 책을 찾았고 나는 그 뒤를 졸졸 따라다녔다.
　어릴 때부터 줄곧 호수마을에 살았던 아빠는 자전거를 타고 이곳까지 왔다고 했다. 놀 만한 것이 없어 심심하면 도서관에 올 수밖에 없었다면서, 책이 있어 읽다 보니 어느새 책이 좋아졌다고 했다. 아빠에게 도서관은 일종의 놀이터였던 것이다. 그래서일까. 내게는 신관보다 구관이 더 친숙했다. 오랜만에 들어가 볼까 했는데 문 앞에 '관계자 외 출입 금지'라는 문구와 함께 현재 구관은 보존 서고로 이용 중이라는 안내가 쓰여 있었다. '관계자 외'라는 글자가 멀어진 아빠와 나의 관계를 말하는 것 같았다. 가족이지만 남인 듯, 관계가 없는 사람. '출입 금지'란 글자를 보고선 아빠와 나의 추억들마저 거부당한 듯해서 기분이 울적해졌다.
　휴대폰에서 메시지 알림음이 울렸다.

―도착.

도경이 보낸 메시지였다. 나도 왔다는 메시지를 보낸 뒤, 신관 쪽으로 몸을 돌렸다.

도경은 신관 앞, 천일홍 나무 아래의 벤치에 앉아 있었다. 옆에는 여러 권의 책이 쌓여 있었다. 쌓인 책을 사이에 두고 자리를 잡았다.

"안녕."

도경의 인사와 동시에 바람이 불어와 도경의 이마를 덮고 있던 머리카락이 나풀거리다 사뿐히 내려앉았다. 이마가 드러나자 도경은 다른 사람처럼 느껴졌다. 인상이 좀 더 부드러워졌다고 해야 하나.

"난 주제를 찾을 만한 책을 미리 골라 봤어."

도경은 책 표지들을 손가락으로 툭툭 쳤다. '양자역학', '우주' 같은 제목이 눈에 띄었다. 재미없음이 느껴지는 책들이었다. 선생님이 말한 주제는 '나'였다. '나'라는 커다란 주제 안에서 세부적인 주제를 찾아야 한다. 그런데 저 책들이 도움이 된다고?

"하나만 물어볼게."

도경의 부탁에 나는 고개를 끄덕였다.

"너의 최애 관심사는 뭐야?"

언제나 나의 최애 관심사는 내 눈에만 보이는 픽싱이었다. 그렇다고 픽싱에 대해 말을 할 수는 없었다. 믿지 않을 테니까.

"넌 뭔데?"

"난 보이지 않는 세계와 존재에 관심이 있어."

보이지 않는 존재. 그 말을 듣자 내 눈에만 보이는 픽싱이 떠올랐다.

"그럼 너의 관심사랑 수행 평가 주제가 어떻게 연결될 수 있는데?"

"좀 더 찾아봐야지."

"나도 하나만 묻자."

도경은 고개를 끄덕였다.

"왜 나랑 같이 발표하자고 한 거야?"

도경은 난감한 표정을 지었다.

"솔직히 말해도 돼?"

"물론."

"넌 다른 애들한테 관심이 없는 것 같아서."

"그 말은 너 역시 누구와도 친해지고 싶지 않다는 뜻이야?"

"맞아."

내 마음이랑 비슷했다. 알고 나니 오히려 안심이 됐다.

"좋아. 이제 난 뭘 해야 하지?"

"너도 책을 골라 봐. 네 마음에 들어온 것부터. 그러고 나서 서로 의견을 나누면서 좁혀 보지, 뭐."

"그래."

우리는 도서관 안으로 들어왔다. 열람실은 생각보다 한산했다. 우리는 안쪽에 있는 창가 자리에 마주 앉았다. 도경은 책과 노트북을 펼쳤다. 나는 책을 고르기 위해 일어서서 서가를 거닐었다. 오래전 아빠랑 걷던 길이 떠올랐다. 아빠는 청구 기호를 알려 주며 서가 속에서 길을 찾는 법을 가르쳐 주었다.

그때처럼, 총류서부터 차근차근 걸었다. 어느새 900번대에 이르렀다. 책등을 눈으로 훑는데 '괴물의 탄생'이라는 제목이 눈에 들어왔다. 문득 정신이 번쩍 들었다. 그 책을 빼서 목차를 살폈다.

그 책에는 좀비, 뱀파이어, 도플갱어 등 옛이야기나 신화에 나오는 괴물들에 관한 이야기가 있었다. 나는 그 책을 들고 자리로 돌아와 앉았다.

도경은 슬쩍 내가 들고 온 책 제목을 눈여겨보더니, 내 얼굴을 지그시 응시했다. 내가 아무렇지 않은 척 책장을 펼치자 도경도 읽던 책으로 눈길을 내렸다.

나는 책을 읽었다. 오래전부터 괴물이라 불린 좀비, 뱀파이어, 도플갱어 등은 사실 인간의 또 다른 모습을 보여 주고 있었다. 어느 면에서는 안타깝기도 했다. 뱀파이어든 좀비든 그들이 원해서 인간의 피를, 인간의 몸을 원하는 것은 아니니까. 살기 위한 선택일 수밖에 없으니까.

아빠가 생각났다. 책을 읽다 보니 좋아졌다는 아빠가. 나도 글을 읽다 보니 처음의 지루함이 점점 사그라들었다. 특히 도플갱어 부분이 흥미로웠다.

　도플갱어는 독일어에서 유래된 단어로, 'doppel'은 '이중'을, 'gänger'는 '걷는 사람'을 의미한다. 즉 '이중으로 걷는 사람'이라는 뜻이다.
　이 용어는 18세기 독일 낭만주의 문학에서 유래했으며, 그 당시 사람들은 도플갱어를 불길한 징조로 여겼다. 도플갱어를 보면 죽음이 가까워졌다는 의미로 받아들여지기도 했다.

　나는 도플갱어와 관련된 뜻을 찾아봤다.

환영: 실제로 존재하지 않는 이미지나 형상
자아 분열: 자아가 여러 개로 나뉘는 현상
심령 현상: 과학적으로 설명하기 어려운 초자연적 현상
유령: 죽은 사람의 영혼

　환영, 자아 분열, 유령……. 픽싱들이 떠올랐다. 사장님의 뱃속에서 꿈틀거리는 존재, 다미 어깨에 앉아 있는 고양이, 아빠의 몸을 지우는 젤리. 이것은 환영일까? 아니다. 적어도 내게는 현실이다. 그렇다면 자아 분열일까. 하지만 내 눈에 보이는 존재들은 인간의 형태가 아니지 않은가.

똑똑, 도경이 책상을 두드렸다. 휴대폰에 메시지가 도착했다.

―내가 정리한 거 공유할게.
―응.

곧 장문의 메시지가 화면에 떴다.

―'실체'의 사전적 정의는 '늘 변하지 않고 일정하게 지속하면서 사물의 근원을 이루는 것'이다.
 상대성 이론은 '질량은 실체와는 아무 관계 없는, 에너지의 한 형태'라는 사실을 밝혀 주었다. 다시 말해 질량은 고정된 실체와는 무관한, 유동적인 에너지의 한 형태이다.
 우리 인간도 질량을 가진 존재라고 할 수 있다. 따라서 인간은 고정된 존재가 아니다. 인간도 에너지의 한 형태로 변환될 수 있다.

나는 '인간도 에너지의 한 형태로 변환될 수 있다.'라는 문장을 반복해서 읽으며 픽싱이 보이기 직전, 나의 몸에서 일어났던 반응을 기억했다. 마치 강한 에너지가 다가오는 듯했다. 책 읽는 도경을 슬쩍 보았다. 도경은 내 시선을 느꼈는지 입 모양으로 왜 그러냐고 물었다.
 '아냐. 아무것도.'

나도 입 모양으로 답했다. 도경이 휴대폰을 만지작거렸다. 곧 휴대폰에서 메시지가 떴다.

―관심 있는 것 좀 찾았어?

휴대폰 화면에 도플갱어라고 쓰려던 나의 손가락이, '도플'에서 멈추었다. 이내 글자를 지워 버리고 아직은 모르겠다는 문자를 보냈다.

―그래? 찾아보고 얘기해 줘.

도경은 도로 자신이 읽던 책에 집중했다. 나는 도플갱어와 관련된 내용의 일부를 휴대폰 메모장에 옮겨 적고는 저장했다.
잠시 뒤, 도서관에서 마감 시간을 알리는 음악과 방송이 흘러나왔다. 창밖으로 고개를 돌리자 밖이 어두웠다. 책을 읽었을 뿐인데 시간이 훌쩍 지나 밤이 되었다. 대단한 일을 한 것처럼 마음 한쪽이 뿌듯했다.
"갈까?"
도경의 말에 우리는 가방을 챙겨 밖으로 나왔다.

풀벌레들의 재잘거림과 호수에서 불어오는 바람이 우리에게 안겼다. 도경과의 어색한 분위기를 잊기 위해 바람과 밤의 소리에 귀를 기울이며 걸었다.

도경의 휴대폰에서 벨이 울렸다. 도경은 멈춰 서서 화면에 뜬 번호를 무심히 내려다봤다. 표정이 복잡해 보였다. 만나고 싶지 않은 사람을 느닷없이 마주한 것처럼. 도경은 벨 소리가 두세 번 더 이어진 뒤에야 전화를 받았다.

"네, 엄마."

전화를 건 사람은 도경의 엄마인 듯했다. 도경은 얘기를 듣고만 있었다. 나는 뒷짐을 지고는 한 걸음 떨어져서 멀리 시선을 돌렸다. 남의 통화를 엿듣는 사람이 되고 싶지 않았기에. 하지만 어렴풋이 들려오는 도경의 목소리를 막을 수는 없었다.

"아뇨. 지난번에 갔을 때 여름옷 가져왔어요. 집에는…… 다음에 갈게요. ……안녕히 주무세요."

도경은 전화를 끊었다.

'집에는 다음에 간다니? 무슨 뜻일까.'

"가자."

도경의 목소리에 힘이 없었다. 나는 도경의 곁으로 다가서서 걸었다. 도경은 내게 집에 어떻게 가느냐고 물었다.

"저 앞 정류장에서 1번 마을버스 타면 돼. 넌?"

"난 걸어서. ……금요일에도 다섯 시에 도서관에서 볼까?"

"그래."

어느새 우리는 버스 정류장에 도착했다. 안내판에 삼 분 뒤에 1번 버스가 도착한다고 쓰여 있었다. 도경과 나란히 서 있는 게 어색해 먼저 가라고 이야기를 하려는데, 도경이 먼저 내 쪽으로 몸을 돌리고는 입을 열었다.

"네가 고른 책 말이야."

"아, 괴물의 탄생?"

도경이 고개를 끄덕였다.

"그 책은 왜 고른 거야?"

"그냥, 제목이 끌려서."

"그래?"

도경은 더 할 말이 있는 사람처럼 머뭇거리더니 입을 열었다.

"관심 가는 내용은 찾았어?"

나는 도플갱어를 기억했다. 그때 저만치에서 1번 마을버스가 정류장을 향해 달려오고 있는 게 보였다.

"버스 온다."

도경이 버스를 가리켰다.

"금요일까지 정리해서 이야기하자."

도경이 말문을 닫자마자 정류장에 멈춰 선 버스의 앞문이 열렸다.

"잘 가."

버스를 타며 도경에게 인사를 건넨 뒤, 맨 뒷자리에 앉았다. 도경은 버스가 출발하기 전부터 걷고 있었다. 버스는 금세 도경을 앞질러 달렸다. 그만큼 도경과 나는 멀어졌다. 그런데도 도경이 바로 등 뒤에 있는 것처럼 신경 쓰였다. 나는 메모장에 기록해 둔 도플갱어에 대한 글을 읽었다. 도경이 보내 준, '인간도 에너지의 한 형태로 변환될 수 있다.'라는 문장이 계속해서 맴돌았다.

작은 우주

금요일, 수업이 끝나자마자 삼각김밥을 사 먹고 도서관으로 향했다. 건물 안으로 들어오자 도서관 로비 카페에 도경이 앉아 있었다. 도경은 오늘도 책을 읽고 있었다. 월요일 이후 학교에서 도경과 별다른 이야기를 나누지 않았다. 서로 모르는 사람처럼 지냈다. 도경은 우주에 관한 책을 읽고 틈틈이 무언가를 정리했다. 나는 학교 숲 인근의 바위틈에 앉아 괴물의 이야기를 읽었다. 여전히 나는 도플갱어에게 관심이 갔다.

도경이 앉아 있는 테이블 옆에 서서 음음, 소리를 내자 도경이 나를 쳐다보았다. 도경은 읽던 책을 덮었다. 책 제목은 '우리의 우주'였다.

"오늘은 여기서 할까? 얘기도 해야 하니까."

"그래."

우리는 커피를 주문한 뒤 자리로 돌아와 마주 보고 앉았다.

"그동안 좀 생각해 봤어?"

"응."

나는 용기를 내서 도플갱어 이야기를 꺼냈다.

"사실, 도플갱어에 관심이 갔어."

"도플갱어?"

나는 메모장에 적어 둔 글을 도경에게 공유했다. 도경은 제법 진지하게 휴대폰 화면 속 글을 읽어 나갔다. 골똘히 생각에 잠긴 듯한 도경의 눈을, 조심히 들여다보았다. 도경은 어딘가를 걷고 있는 것 같았다. 낯선 곳을 혼자서, 걷고 또 걷는 느낌.

"책 읽은 느낌 얘기해 줄 수 있어?"

"나는…… 도플갱어뿐만 아니라, 이 책에 등장하는 괴물들이 조금은 안쓰럽고 안타까웠어. 좀비든 뱀파이어든 그들 역시 살기 위해서 그런 거니까."

도경은 그윽한 눈길로 나의 이야기를 들어 주었다.

"이런 내 생각으로 발표 자료를 만들 수 있을까?"

"글쎄 일단 시간이 없으니까, 내가 정리한 것을 공유할게. 네가 좋다면 이대로 해도 되고."

나는 도경에 뜻에 따르기로 했다.

테이블 간격이 넓어서 서로 이야기를 나누기가 불편했다. 내 표정을 살피던 도경이 내 옆자리로 옮겨 앉았다. 도경의 어깨가 내 어깨에 스쳤다. 나는 아무렇지 않은 듯 반대쪽으로 몸을 틀었다. 도경이 노트북 화면을 내 쪽으로 돌렸다. 화면 안에는 지난번에 공유했던 내용이 정리되어 있었다.

　우리는 제목을 '변신하는 나'로 정한 뒤 본격적으로 PPT를 만들었다. PPT 구성에 대한 이야기를 나눈 뒤 무료 이미지 사이트에서 사진을 찾아, 둘만의 단톡방에 공유했다. 의견을 나누고 PPT 디자인을 하며 완성도를 높였다.

　모든 것을 마쳤을 때 도서관 밖은 어둠이 들어차 있었다.

　"끝났다."

　도경과 나는 마주 보며 빙시레 웃었다. 그 순간 어색해진 분위기에 누가 먼저랄 것도 없이 서로의 눈을 피해 버렸다.

　"화장실 좀 다녀올게."

　도경이 자리에서 일어나 멀어졌다. 나는 탁자 모서리에 놓여 있는 『우리의 우주』라는, 제법 두꺼운 책을 눈여겨보았다. 저 안에는 어떤 내용들이 쓰여 있을까. 도경의 마음에 들어온 문장은 무엇일까. 슬쩍 책장을 넘겨 보았다. 저만치에서 도경이 다가오고 있어, 다시 얼른 책장을 덮어야 했다.

　우리는 가방을 챙겨 밖으로 나와 나란히 걸었다. 도경에게 묻고 싶은 게 있었는데 정리가 되지 않았다.

　"정도경, 넌 우주에 관한 책을 왜 읽어?"

고민을 하는 듯 도경의 양쪽 입술 끝이 실룩거렸다. 책 읽는 이유에 대한 대답이 저리 심각하게 고민할 일인가. 대답 듣기를 포기하려는데 도경의 목소리가 들려왔다.

"유성 본 적 있어?"

"유성? 하늘에서 떨어지는 별똥별?"

캄캄한 하늘을 쳐다보며 물었다.

"응."

고개를 돌려 도경을 보았다.

"아니. 직접 본 적은 없어."

도경은 멀리 허공으로 눈길을 돌리며 입을 열었다.

"언젠가 유성을 본 적 있어. 유성이 지구가 탄생하기 전에 만들어진 별이라는 게 신기했어. 책에서 '우리가 사는 세계는 고정되어 있지 않다.'라는 문장을 발견하고 유성에 대해 더 알고 싶어졌어."

나는 도경이 보이지 않는 세계와 존재에 관심이 있다고 말한 것을 기억했다. 동시에 픽싱에 대해 생각했다. 픽싱도 에너지의 변화로 만들어진 존재일 수 있을까. 설령 그렇다 해도 왜 내 눈에만 보이는 거지. 픽싱에 대해 알고 싶을 때 주로 영상 자료를 찾아봤다. 그런데 도경은 책을 읽는다. 그 이유도 궁금했다.

"요즘에는 책보다 영상을 많이 찾아보잖아. 영상으로 보면 쉽게 정보를 얻을 수 있지 않아? 굳이 책을 읽어야 해?"

"그렇긴 하지……."

도경의 대답은 모호했다. 다시 침묵이 이어졌다. 그사이로 여름 풀벌레들의 소리가 비집고 들어왔다.

"계속 우주에 대한 책을 읽는 거야? 아까 봤어. 네 책상 위에 있던 책."

아차 싶었다. 도경은 이런 질문을 불편해할 수도 있는데. 도경이 나와 수행 평가를 하려는 이유를 잊고 말았다.

"내가 부담스러운 질문을 한 건가?"

"아냐."

도경은 걸음을 멈추어 섰다.

"우주는 팽창하고 있으니까."

"팽창?"

"계속 움직이고 있는 거지."

도경은 양옆으로 몸을 돌려 가며 하늘을 쳐다보았다. 무언가를 찾는 것처럼.

"저기 보인다."

나는 도경이 가리킨 곳에 집중했다. 그곳에 희미한 빛이 있었다. 별이었다. 별을 응시하자 빛이 점차 선명해졌다.

"우리의 우주라는 책에서 가장 인상 깊었던 문장이 무엇이었는지 알아?"

"나야 당연히 모르지."

도경은 옅은 미소를 지었다.

"인간의 몸은 작은 우주다."

"작은 우주?"

"별은 더 가벼운 원소가 더 무거운 원소로 융합되는 일생을 거치며, 원소를 다시 우주로 방출한대. 사람의 몸을 구성하는 원소 중 대부분은 별에서 온 거야. 그러니까 산소, 탄소, 수소, 질소가 별에서 우리에게 전달된 거지. 우주와 인간은 연결되어 있어. 인간은 우주의 일부이면서 하나의 작은 우주인 셈이지."

"그 어려운 이야기를 머릿속에 담고 있다는 게 신기하다."

"머리가 아니라 가슴에 새기고 있지."

"지금 농담한 거지?"

도경은 큭, 웃었다. 도경의 웃음에서 진심이 느껴졌다. 그 마음이 나를 기쁘게 했다. 우리는 다시 걸었다.

이상하게 도경과 대화를 나눌수록 도경에 대해 더 알고 싶어졌다. 이를테면 지난 월요일 통화 내용이나 부모님과 살고 있지 않은 듯한 사연 등에 대해서. 하지만 이런 이야기를 물을 수 없었다.

"저기 버스 온다."

이번에도 도경이 먼저 1번 버스를 발견했다.

"나 먼저 간다."

서둘러 도경에게 작별을 고하고 뛰었다. 간신히 문이 닫히기 직전 버스에 올라탔다. 멀리서 도경이 내게 손을 흔들었다. 나는 도경을 바라봤다. 도경은 혼자만의 세계에 살고 있는 줄 알았는데 아니었나. 그동안 도경에 대해 섣불리 판단했던 걸까. 우주에 관심이 있는 도경은 갇혀 있는 것 같지 않았다. 내가 도플갱어에 대한 글을 보여 주었을 때, 도경의 눈빛에서 움직임이 느껴진 것 같았다. 팽창하는 우주처럼.

※

마을버스에서 내리자마자 맑은 풀벌레 소리에 휩싸였다. 호수마을 초입부터 집까지는 십 분 정도 걸어가야 한다. 걷는 내내 주변 소리에 귀를 기울였다. 아직은 열대야가 찾아오지 않아 밤공기가 시원했다. 도경이 전해 준 별 이야기를 곱씹었다. 어느새 나는 하늘을 쳐다보고 있었다.

이곳은 가로등이 적어서인지 별이 선명했다. 시간이 지날수록 점점 더 많은 별이 눈에 들어왔다. 동시에 묘한 기분에 사로잡혔다. 반짝이는 빛이 포물선을 그리며 내게로 다가오는 장면이 뇌리를 스치듯 지났다. 이상했다. 어째서 낯선 장면이 기억처럼 떠오르는 걸까.

이팝나무 숲 쪽으로 고개를 돌렸다. 내 발은 저절로 그곳으로 향했다. 눈앞에 하얀 꽃을 품은 이팝나무 장벽이 펼쳐져 있었다. 하얀색 조명을 켠 듯 주변이 선명했다. 사방으로 뻗은 꽃잎들이 뿜어내는, 달짝지근한 향기가 날아들었다. 저 숲을 통과하면 호수를 만날 수 있다. 하지만 그 사실을 알고 있음에도 더는 움직일 수 없었다.

멀어질 이유

　요란한 전화벨에 잠에서 깨어났다. 저장되지 않은 휴대폰 번호가 화면에 떴다. 전화를 받자 다미 아주머니의 목소리가 귓가에 닿았다. 놀란 나는 침대에서 벌떡 몸을 일으켰다.
　"안녕하세요?"
　"그래, 수온아. 잘 지내지?"
　"네."
　"혹시, 오늘 시간 되니?"
　오늘은 토요일이다. 오전에 알바를 가야 한다.
　"열한 시까지 알바 가야 하는데요. 무슨 일이실까요?"
　"그럼, 그 전에 잠깐 볼 수 있을까?"
　"저를요?"
　"그래. 자세한 건 만나서 얘기하자. 열 시까지 로데오 거리에 있는 원탑학원으로 올 수 있니? 로비에 카페가 있는데 거기서 보면 어떨까 하는데."

네, 라고 대답을 한 뒤 전화를 끊었다. 지도로 학원 위치를 확인했다. 아무래도 다미가 다니는 곳 같았다.

지금 시각은 오전 8시. 10시까지는 시간이 충분해 침대에 누웠다. 도대체 무슨 일로 아주머니는 나를 만나려는 걸까. 생각을 멈추기 위해 눈을 감았다. 그럼에도 고민은 더욱 짙어져만 갔다.

자전거를 거치대에 세워 두고 학원 건물 안으로 들어왔다. 토요일인데도 학원에는 아이들로 북적거렸다. 나와는 다른 세상에 살고 있는 아이들을 둘러보며 모자를 꾹 눌러썼다. 구석에 있는 카페 쪽으로 향했다.

창가 테이블 의자에 앉아 있는 다미와 아주머니가 눈에 들어왔다. 다미는 고개를 숙이고 있었고 아주머니는 심각한 얼굴로 다미에게 이야기를 쏟아 내고 있었다. 다미의 픽싱인 고양이를 보며 걸었다. 고양이는 암모나이트처럼 똬리를 튼 채 웅크리고 있었다. 두 발로 얼굴을 가리고는.

어느새 테이블에 가까워졌다.

"엄마는 할머니 같은 엄마가 되고 싶지 않아. 너를 일일이 챙기는 건 그만큼 내가 너를 사랑한다는 뜻이야. 이런 엄마 마음을 알아주었으면 좋겠어. 알겠니?"

"할머니가 엄마한테 어떻게 했는데요?"

"그건 알 필요 없어."

"안녕하세요?"

다미와 아주머니의 대화 사이에 끼어 인사를 했다.

"수온이 왔구나. 잠깐 기다리렴. 블루베리에이드 괜찮지?"

아주머니가 일어나 주문대로 향했다. 나는 고개를 끄덕이며 다미 옆에 앉았다.

"다미야, 무슨 일이야?"

다미는 손가락을 꼼지락거리며 아무 말도 하지 않았다. 곧 아주머니가 다가와 내 앞에 블루베리에이드를 내려놓고는 자리에 앉았다. 잔을 들으며 감사의 인사를 전하려는데, 아주머니가 탁자 위에 타이거 워리어 옷을 올려놓고는 내 앞으로 밀었다.

"이 옷이 네 거라는데, 왜 다미가 갖고 있는 거니?"

들고 있던 에이드 잔을 내려놓고 다미를 보았다. 다미는 여전히 고개를 수그리고 있어 말을 걸 수 없었다. 그 대신 고양이에게 눈길을 돌렸다. 얼굴을 가린 고양이가 내 마음을 복잡하게 했다.

"이유를 알고 싶은데."

아주머니는 채근하듯 물었다. 사실대로 이야기를 해야 하나. 하지만 고개조차 들지 못하는 다미와 힘이 없어 보이는 고양이를 보니 도무지 용기가 나지 않았다.

"제 가방이 작아서, 다미에게 맡겨 놓고 잊어버렸어요."

둘러댈 말은 이뿐이었다.

다미가 고개를 들더니 안도하는 표정으로 나를 봤다.

"그래? 다미가 지난 금요일에 부캐 클럽에서 이 옷을 입었더구나. 네가 이 옷을 입어 보라고 했다던데."

"네?"

그제야 이 만남의 진짜 이유를 알게 됐다. 다미를 똑바로 보자 다미는 내 눈을 피했다. 무슨 말을 어떻게 해야 할지 몰랐다. 좋은 생각이 떠오르기를 바랐지만 머릿속이 캄캄했다.

"새로운 옷을 입어 보면 좋을 것 같아서요."

결국 이렇게 대답해 버렸다.

"이런 흉한 옷을 어떻게 입어 보라고 할 수 있니? 다시는 그러지 마라."

"네."

아주머니는 다미 쪽으로 고개를 돌렸다.

"다미는 얼른 수업 가고."

그 말과 동시에 다미가 가방을 들고 일어났다. 다미는 나를 보지도 않고 카페를 나가 버렸다. 어깨에서 떨어질 듯 위태로운 모습의 고양이와 함께.

"음료수는 다 마시고 가렴. 먼저 간다."

아주머니도 일어나 밖으로 나가 버렸다. 유리잔 가득 담긴 블루베리에이드와 덩그러니 놓인 타이거 워리어 옷을 노려보았다. 화가 나고 억울해서 견딜 수가 없었다. 그냥 사실대로 말해 버릴걸. 후회 아닌 후회가 밀려들었다. 잠시 뒤, 휴대폰에서 메시지 알림음이 울렸다.

─지난주 금요일에 부캐 클럽에 갔는데 학원 보강이 생겨서 엄마가 나를 데리러 왔다가 들키고 말았어. 네 핑계를 댈 수밖에 없었어. 정말 미안해, 수온아.

조금 전 다미의 얼굴과 행동을 복기했다. 오죽했으면 내 핑계를 댔을까 싶으면서도 한편으로는 도무지 이해할 수 없었다. 자신의 안위를 위해 나를 곤경에 빠뜨리는 다미가. 이따위 옷을 입는 게 뭐라고, 아주머니에게 솔직하게 말하지 못하는 걸까. 다미는 이 년 전이나 지금이나 달라진 게 없었다.
나는 다미에게 어떠한 답도 하지 않았다. 자리에서 일어나 입도 안 댄 음료를 반납하고는 타이거 워리어 옷을 들고 밖으로 나와 버렸다.
다미 어깨 위의 고양이가 떠올랐다. 힘없이 축 처져 있는 아기 고양이가. 고양이가 내 어깨에 닿았던 순간을 기억했다. 서늘함과 슬픔이 교차하던 그때를. 여러 가지 감정이 뒤섞이던 순간을. 다미에게 느낀 화가 서서히 누그러들었다. 다미를 이해해서는 아니었다. 더 이상 다미와 엮이고 싶지 않다는 마음 때문이었다. 지금

와서 생각하니 내가 다미에게서 달아나지 않은 건, 픽싱이 고양이였기 때문이었던 것 같다. 무섭고 기이한 형태가 아니기 때문에. 하지만 결국, 그 고양이도 픽싱이었다. 내가 다미로부터 멀어질 이유는 충분했다.

나는 학원 앞 거치대에 세워 둔 자전거에 올라탄 뒤, 도망치듯 가속 기어를 올렸다.

사장님의 딸

"수온아, 공인 중개사 비빔국수 두 그릇 배달 나왔다."

"네."

사장님이 내준 두 그릇과 김치, 젓가락을 포장해서 밖으로 나왔다. 공인 중개사 사무실은 바로 옆 블록, 건물 1층에 있어 걸어가기에 충분했다.

사무실 안으로 들어오자 탁자 위에 신문지가 깔려 있었다. 공인 중개사 아저씨와 손님인 듯한 아주머니가 마주 보고 앉아 대화를 나누고 있었다.

"배달 왔어요."

안경을 쓴 아저씨가 탁자 위를 가리키며 여기다 올려 두라고 말했다. 비빔국수 두 그릇과 젓가락을 신문지 위에 올려놓고 김치와 깍두기를 꺼내는 사이 그들은 랩을 뜯으며 대화를 이어 나갔다.

"여기 면 요리들이 그렇게 맛있다면서요."

아줌마가 말했다.

"맞아요. 사장님 성격은 별론데 맛있어서 끊을 수가 없어요."

"사장님에 대해 잘 알아요? 워낙 교류가 없어서."

"딸이 하나 있잖아요. 공부를 잘해서 어릴 때부터 유명했어요."

"딸이 있어요? 그런데 왜 한 번도 못 봤지?"

아저씨가 말을 이어 나갔다. 그 이야기를 정리하면 사장님은 어릴 때 보육원에서 자랐고 열아홉 살에 그곳에서 나와 국수 공장에 취직하여 바닥부터 일을 배웠다고 했다. 그러다가 국수 가게와 냉면 가게를 거치며 차근차근 일을 배운 뒤, 마흔 살에 독립을 해서 면 요릿집을 차렸다. 지금 가게 자리에서 이십 년 동안 일을 해 오면서 단 하루도 가게 문을 닫은 적이 없다고 했다. 예전에는 직원들도 있고 제법 돈을 벌었다. 수년 전 신도시가 생기며 상권이 그쪽으로 몰려가면서 구도심의 상권은 쇠락의 길을 걷게 되었다. 일 년 전쯤 직원들이 떠나갔고, 결국 사장님 혼자 면 요릿집을 운영하면서 배달만 한다고 했다. 장사가 잘될 때도 안될 때도 타인에게는 한없이 인색했다면서. 돈 쓰는 것이 겁이 나서 사람도 만나지 않았다고.

"오죽했으면 아내가 도망을 갔겠어요. 어린 딸을 두고요."

아저씨는 거기까지 말하고는 입을 다물었다. 내 눈치를 보더니 왜 안 가고 거기 있느냐고 물었다.

"돈을 주셔야 가죠."

아저씨는 무안했던지 헛기침으로 목소리를 가다듬고는 지갑에서 이만 원을 꺼내 내 앞으로 내밀었다. 나는 돈을 받아 가방에 넣은 뒤 맛있게 드시라는 말을 전하고 밖으로 나왔다.

가게로 돌아오자 사장님이 벽에 붙어 있는 세계 지도를 보고 있었다.

"다녀왔습니다."

받은 돈을 사장님 앞에 내밀었다.

"수고했다."

사장님은 돈을 금고에 넣고는 냉장고에서 사이다를 꺼내 주었다.

"덥지? 마셔라."

"고맙습니다."

사이다 캔 꼭지를 따며 사장님을 바라봤다. 사장님은 주머니에서 손수건을 꺼내 이마의 땀을 닦았다. 선풍기 앞에서도 사장님은 땀을 흘렸다. 오늘따라 더 많이 흘리는 것 같았다. 숨이 찬지, 가슴이 답답한 것인지 자주 깊은숨을 몰아쉬었다. 어디 몸이 안 좋은 걸까. 그나저나 사장님이 돈을 많이 벌었다고? 나는 사장님의 평소 행색에 대해 잘 알지 못한다. 가게 안에서 사장님은 늘 회색 바지에 빛이 바랜 요리사복을 입고 있다. 가족도 없이 혼자 사는 줄 알았다. 노후를 위해서 열심히 일만 하는 건가 싶었다. 가족이 있다면 가게에 한 번쯤은 올 법한데, 알바를 하는 동안 한 번도 나타나지 않았다. 주방에도 홀에도 가족사진 같은 건 보이지 않았다. 정말 딸이 있다면 어째서 한 번도 가게에 오지 않는 걸까. 혹시 도망갔다는 아내와 살고 있는 걸까. 저절로 사장님의 배로 시선이 갔다. 배는 오늘도 요동쳤다.

그때 주문 전화벨이 울렸고 얼른 전화를 받았다. 전화를 끊고 비빔국수 두 그릇 주문이 있다고 사장님에게 전했다. 배달할 장소는 길 건너 미용실이었다. 사장님은 헛기침을 여러 번 하더니 주방 안으로 들어갔다. 잠시 뒤, 음식이 나왔다. 포장된 음식을 배달함에 넣고는 미용실로 향했다.

배달을 마치고 돌아오는 길, 휴대폰 벨이 울렸다. 삼 일 만에 걸려 온 아빠 전화였다. 전화를 받자마자 거친 숨소리가 들려왔다.
"여보세요?"
"아빠다."
아빠 목소리가 무거웠다. 예감이 좋지 않았다. 아빠가 무슨 말을 하려는지 알 것 같았다.
"그 사람이 남해에 있다는 소식을 들었다. 좀 다녀와야 할 것 같아."

"언제 오시는데요?"

"글쎄. 가 봐야 알지. 돈 필요하면 연락해라."

아빠는 급히 전화를 끊었다. 반투명한 젤리에 갇혀 사라지는 아빠 모습이 떠올랐다. 나는 두려워졌다. 내 마음은 무겁게 가라앉았다. 자전거 속도를 높여 달렸다.

변신하는 나

"마지막 조는 수온이랑 도경인가?"

국어 선생님의 말이 끝나자 우리는 동시에 네, 라고 답하며 앞으로 나왔다.

"발표는 누가 하지?"

"저요."

도경이 교탁 앞에 섰다. 나는 PPT 화면을 켰다. 곧 스크린에 우리가 만든 발표 자료가 떴다.

"시작해 볼까?"

선생님의 말에 PPT 화면을 다음 장면으로 넘겼다. 도경은 발표를 시작했다.

"저희 조가 발표할 주제는 '변신하는 나'입니다. 저희 조는 '나는 하나로만 존재할까?'라는 질문을 해 보았습니다."

다음 화면으로 넘기자 고전물리학과 현대물리학에 대한 내용이 나타났다.

"고전물리학에서 입자는 변하지 않습니다. 입자는 언제나 동일한 질량과 상태를 유지합니다."

도경이 말을 이어 갔다.

"하지만 현대물리학이 등장하며 생각이 바뀌었습니다."

나는 다음 화면으로 넘겼다.

"현대물리학에서 모든 물질은 입자이자 파동입니다. 입자가 될 수도 있고, 파동이 될 수도 있습니다. 현대물리학에 따르면 물질은 가변적이며 불확실한 존재입니다."

도경이 다음 이야기를 하기 전에 서둘러 화면을 바꿨다.

"우리 인간 또한 물질입니다. 즉 고정되어 있지 않으며 변화하는 존재라는 뜻입니다. 그런데 우리 인간은 물질적 차원에서만 달라지는 게 아닙니다."

다음 화면으로 넘어가자 감정에 휩싸인 사람들의 모습이 화면을 채웠다. 도경이 말을 이어 나갔다.

"우리는 매 순간 감정을 느끼며 살아갑니다. 기쁨, 슬픔, 불안, 환희, 미움 등의 복잡한 감정에 사로잡히곤 합니다. 우리는 감정에 의해 변화합니다. 감정에 휩싸이는 순간, 내면의 자아도 변신을 한다고 생각합니다. 감정의 에너지와 파동으로 우리는 다른 존재로 분열되거나 변신할 수 있지 않을까요?"

다음 화면에서는 한 사람이 여러 다른 모습으로 분열되는 그림이 펼쳐졌다.

"우리는 감정으로 인해 부정적인 모습이나 긍정적인 모습으로 변신할 수 있습니다."

나는 화면을 바꾸었다. 화면 가운데 사람이 있고 양쪽으로 선과 악의 이미지로 묘사된 또 다른 자아가 보였다.

"중요한 것은 우리 내면의 변화하는 '나'를 선과 악이라는 이분법으로 판단하는 것이 아니라······."

다음 화면에는 한 사람 안에 선을 상징하는 이미지와 악을 상징하는 이미지가 같이 표현된 사진이 있었다. 도경은 사진을 보며 발표를 계속했다.

"변신하는 나를 다른 나로 받아들이는 과정이지 않을까요? 우리는 지금도, 어른이 되어서도 수도 없이 변신하는 나를 만날 겁니다. 그 모습을 받아들이는 과정이 성장이 아닐까 생각합니다. 이것으로 저희 조 발표를 마치겠습니다."

도경이 인사를 하자 선생님이 입을 열었다.

"수온이와 도경이는 우리가 고정된 존재가 아니라고 생각하는군요. 감정으로 인해 우리의 자아가 변신할 수 있다고."

우리는 동시에 네,라고 답했다.

"흥미로운 주제와 발표였어요."

선생님의 칭찬이 이어지고 아이들이 박수를 쳤다. 아이들의 시선을 받는 기분이 묘했다. 좋으면서도 부끄러웠다. 나는 도경을 바라봤다.

궁금했다. 도경의 몸에도 픽싱이 존재하는지. 처음이었다. 픽싱을 보고 싶어 한 것은. 하지만 지금까지 도경에게서는 아무것도 보이지 않았다. 당연하다. 도경은 내게 관심이 없을 테니. 우리는 수행 평가를 목적으로 함께한 것뿐이니까.

잠시 뒤 종이 울리자 선생님은 수업이 끝났다고 말하고 아이들은 교실 밖으로 나갔다. 아이들의 이동으로 교실은 소란스러워졌다.

모든 수업이 끝나고 종례를 하기 위해 담임 선생님이 교실로 들어왔다. 선생님은 삼 주 뒤에 있을 기말고사에 대한 이야기를 꺼냈다.

시험이 끝나면 찾아올 여름 방학에 대해 생각했다. 더운 여름 방학을 어떻게 보낼 것인가. 아빠는 언제쯤 돌아오는 걸까. 마음속에 돌덩어리가 쌓이는 것 같았다. 덕지덕지 온몸에 달라붙는 듯했다. 나는 무거워졌다.

종례를 마친 선생님이 교실을 나갔다. 아이들도 가방을 싸고 무리를 지어 교실 밖으로 나섰다.

가방 속에 책을 넣고 무심결에 고개를 돌리자, 도경과 눈이 마주쳤다. 도경의 눈빛이 오묘했다. 도경이 어떠한 말을 하고 있다는 생각이 들었다. 내가 알 수 없는 언어로.

"무슨…… 걱정 있어?"

도경이 멀리서 물었다. 나를 걱정하는 도경의 모습이 의외라고 생각했다.

"왜?"

"오늘 쉬는 시간마다 엎드려 있길래. 발표할 때도 힘없어 보이기도 했고."

"내가 그랬나? 알바 하느라 좀 지쳤나 봐. 아, 오늘 발표 좋았어. 네 덕에 수행 평가 점수가 잘 나올 것 같아."

"너랑 같이한 거잖아."

"네가 적극적으로 나서 주었지. 먼저 갈게."

가방을 한쪽 어깨에 걸치며 말했다.

"알바 가?"

돌아서는 내게 도경이 물었다. 나는 응,이라고 말한 뒤, 교실 밖으로 나갔다.

자전거 거치대에 도착할 때까지도 도경이 내게 보낸 눈빛은 내 마음에서 빛을 내고 있었다. 도경은 어째서 내 안부를 물었을까. 누군가의 걱정 어린 시선을 받은 게 낯설면서도 싫지 않았다. 일종의 관심일 테니까. 가슴 한쪽에서 찌르르 전기가 통하는 듯한 느낌이 들었다. 이런 내가 어색했다. 익숙하지 않은 감정은 불안하다. 도망치고 싶다. 자전거에 올라타, 속도를 높였다. 바람을 가르며 빠르게 나아가자, 마음속 무게가 조금은 가볍게 느껴졌다.

인희 언니

　가게 안에 들어서자 얼큰한 멸치 육수 냄새가 진동했다. 입안에 침이 고일 정도로. 그런데 가게 안이 싸늘하게 느껴졌다. 주방을 들여다보아도 사장님이 보이지 않았다. 이러저리 구석구석을 살폈다. 주방 안쪽에 있는 방에서 사장님 목소리가 흘러나왔다.
　"한국에 오다니!"
　사장님의 음성은 낮고 무뚝뚝했다.
　"내 걱정은 하지 말고 너 공부하는 데 힘써라."
　사장님은 전화를 끊더니 내 쪽으로 몸을 돌렸다. 눈이 마주쳤다. 사장님의 급격하게 출렁이는 배를 주시했다. 불안했다. 뱃속에서 무언가가 튀어나오는 것은 아닌지.
　"언제 왔니?"
　사장님이 굳은 얼굴로 물었다.

"방금이요."

사장님은 그래,라고 힘없이 말하고는 우리나라와 영국이 선으로 연결되어 있는 세계 지도 쪽으로 고개를 돌렸다. 나는 사장님에게 조심스럽게 물었다.

"사장님은 가족이 있어요?"

사장님은 놀란 눈으로 나를 봤다.

"딸이 있지."

"……."

"너보다 여덟 살 많아."

"저보다 훨씬 언니네요. 그런데 왜 가게에는 한 번도 안 와요?"

"영국으로 유학을 갔거든."

사장님은 다시 세계 지도를 응시하며 말을 이어 나갔다.

"우리 인회가 공부를 정말 잘했어. 하늘나라에 간 엄마를 닮아서."

사모님은 집을 나간 것이 아니라 돌아가신 거였다. 소문은 반은 맞고 반은 틀렸다. 역시 소문은 전부 믿어서는 안 된다. 사장님이 내 쪽으로 몸을 돌렸다. 사장님의 배가 다시 움직이기 시작했다. 사장님이 내 얼굴을 골똘히 보았다.

"너 요즘 안 좋은 일 있니? 얼굴이 좀 마른 것 같은데."

그 순간 당황했다. 사장님이 도경과 같은 것을 물어서. 며칠 잘 먹질 못했다. 먹고 싶은 마음이 사라졌다. 이런 이야기는 하고 싶지 않았다.

"별일 없어요. 배달 준비할게요."

사장님이 나에 대해 더 묻기 전에 자리를 벗어났다. 김치와 깍두기를 배달 용기에 담아 랩을 씌웠다.

따르릉따르릉.

전화를 받았다. 원룸촌에서 온 주문 전화였다. 사장님에게 얼큰 국수 주문을 알렸다. 사장님은 음식을 만들기 시작했다. 원룸촌은 이곳에서 두 블록 떨어진 곳에 있다. 자전거로 삼 분이면 도착한다. 그곳에는 주로 혼자 사는 사람들이 거주했다. 오래된 건물이라 엘리베이터가 없어서 걸어 올라가야 하는 게 곤욕이었다. 잠시 뒤, 배달할 음식이 나왔다.

※

헬멧을 벗어 자전거에 걸어 두고 성큼성큼 계단을 올랐다. 음식을 문 앞에 놓고 벨을 누른 뒤, 다시 계단을 내려와 밖으로 나왔다. 그 사이 이마와 목덜미에 땀이 맺혔다. 물티슈로 땀을 닦아 내는데, 건너편 편의점 건물 입구에서 하얀 얼굴에 동그란 안경을 쓴 익숙한 얼굴이 보였다. 무릎에 닿는 반바지와 회색 티셔츠를 입고 있는 소년은 도경이었다. 도경은 건물 1층에 있는 편의점 안으로 들어갔다. 잠시 뒤 밖으로 나온 도경의 손에 도시락이 있었다. 도경은 다시 건물 안으로 들어갔다. 나는 5층짜리 다가구 주택을 쳐다보았다.

'도경이 저기 사는 건가?'

도경이 엄마와 통화를 하던 날이 떠올랐다.

이러고 있을 시간이 없다. 헬멧을 쓰고 자전거에 올라탄 뒤, 서둘러 면 요릿집으로 향했다. 사거리에서 신호가 걸려 멈추었다. 그 찰나에도 도경의 얼굴이 떠올랐고 나의 시선은 하늘로 향했다. 요즘 자주 하늘을 본다. 이 시간에는 별이 보이지 않는다는 걸 알면서도 별을 찾게 된다. 그러다 보면 이팝나무 숲과 호숫가가 머릿속에 펼쳐진다.

기억

  일이 끝나고 호수마을 입구에 이르자 불그스름한 노을이 내려앉아 수평선 경계에 닿아 있었다. 온몸이 땀으로 축축했다. 자전거에서 내려 터벅터벅 걸었다. 때마침 불어온 바람이 더위를 식혀 주었다. 호수의 물 냄새가 짙게 풍겼다. 이팝나무 숲과 호수가 궁금했다. 고운 모래사장은 여전히 황금빛을 띠며 반짝일까. 푸르스름한 물의 빛깔은 그대로일까. 이팝나무 숲으로 자전거 머리를 돌렸다.

  눈앞에 성큼 자란 이팝나무들이 장벽을 치고 단단하게 서 있었다. 사방으로 뻗은 나뭇가지가 호숫가로 향하는 입구를 막았다. 바람에 날리는 수많은 초록색 이파리를 훑어보았다. 자전거를 세워 두고 이팝나무 숲으로 다가섰다. 그때였다. 지난번에 스쳤던, 가물거리던 장면이 떠오른 것은. 시간이 흐를수록 아련했던 기억이 선명해졌다. 특히 먼 하늘에서부터 포물선을 그리며 떨어지며 명멸하는 빛의 기억이.

'뭐지. 왜 또 나타나는 거지?'

신기한 점은 이곳만 오면 그 장면이 저절로 떠오른다는 것이다. 그렇다면 이유도 이곳에 있는 걸까. 나는 천천히 숲을 향해 발을 디뎠다. 한참을 걸은 뒤, 나뭇가지를 걷어 내고 몸을 수그려 그 사이를 통과했다.

너른 호숫가가 눈앞에 펼쳐졌다. 고운 모래사장도, 잔잔한 호수도 평화로웠다. 시간이 멈춰 버린 것처럼.

물가로 다가갈수록 모래 속에 발이 빠졌다. 신발과 양말을 벗었다. 발바닥에 닿은 모래가 부드러웠다. 한낮의 열기가 스며 있어 발바닥이 따뜻했다. 바람은 습했지만 시원했다. 멀리서 불어온 바람에 물결이 작게 일렁였다. 젖은 두 발이 축축했다. 부드럽고 서늘한 물은 발바닥에서부터 차올라 아빠와의 기억을 고스란히 안겨 주었다.

여덟 살 때였다. 아빠가 파란 대문 집으로 나를 처음 데리고 온 것은. 아빠는 마당에 자란 풀을 뽑고 집 안을 둘러보며 망가지고 해어진 곳을 수리했다.

주말이면 아빠와 나는 작은 텐트와 직접 싼 김밥을 들고 파란 대문 집에 왔다. 아빠는 엄마와 결혼하기 전까지 이 집에서 살았다고 했다. 엄마는 내가 아기 때 돌아가셨다.

 이후 할아버지와 할머니가 돌아가시고 오랫동안 이 집은 비어 있었다. 그 당시 아빠는 언젠가 돈을 많이 벌면 이층집을 지을 것이라 했다.

 파란 대문 집에서 나의 호기심을 자극한 장소는 지하실이었다. 아빠는 지하실을 그윽한 눈으로 바라봤다. 그곳에 아빠의 시간이 있다고 했다. 언젠가는 그 시간을 세상 밖으로 꺼내 올 것이라고 했다.

 아빠는 나를 데리고 이팝나무 숲으로 갔다. 무성하게 자란 나무 사이를 통과하자 하늘빛을 닮은 맑은 호수가 눈앞에 펼쳐졌다. 호숫물은 은은한 파도를 만들며 모래를 적셨다.

 아빠는 모래사장에 작은 텐트를 쳤다. 우리는 나란히 앉아 물가에 발을 담갔다. 아빠는 내게 물수제비 던지는 법을 알려 주었다. 여름에는 헤엄을 치며 물놀이를 했다. 아빠는 여기가 호수에서 유일하게 헤엄을 칠 수 있는 곳이라고 했다. 물이 깊지 않아 안전하다면서.

 호숫가에서 한참 놀고 난 뒤, 아빠가 직접 만든 김밥을 먹고 텐트 안에서 잠이 들었다. 그날은 아빠보다 내가 먼저 잠에서 깼다. 눈을 뜨자마자 떠오른 것은 아빠의 시간이 머물러 있는 지하실이었다. 그 시간이 궁금해서 참을 수가 없었다.

 혼자 파란 대문 집으로 되돌아왔다. 지하실로 향하는 계단은 몇

개 되지 않았지만 으스스했다. 다행히 문이 열려 있어 조심조심 안으로 들어갔다. 불이 켜지지 않아 휴대폰의 불빛을 사용해 안을 비춰 보았다. 아빠는 이 안에 아빠의 시간이 있다고 했는데, 도무지 그 시간을 찾을 수 없었다. 낡고 오래된 물건들만 가득했을 뿐이다. 안을 살필수록 낯선 존재가 불쑥 튀어나올 것 같아 등골이 오싹했다. 서둘러 지하실을 빠져나와 이팝나무 숲을 향해 달렸다.

호숫가에 이르렀는데도 두근거리는 심장은 멈추지 않았다. 잠에서 깬 아빠는 얼굴에 땀이 흥건한 내 얼굴을 보자마자 놀라며 무슨 일인지 물었다. 사실대로 말하지 못했다. 몰래 지하실에 다녀온 걸 알면 꾸지람을 들을 것 같았기에. 아빠는 손등으로 내 이마의 땀을 닦아 주었다. 호숫물로 시원하게 보듬어 주었다.

시간이 지났지만 호숫물의 촉감은 변하지 않았다. 하지만 그때의 아빠는 이제 없고, 내 마음은 바위처럼 단단해졌다.

고개를 들자 검은 하늘이 눈에 가득 들어왔다. 흩어진 별들 속에서 도경과 함께 보았던 별을 찾았다. 도경은 인간이 작은 우주라고 했다. 내 안에 하늘보다 넓고 바다보다 깊은 우주가 있단 말인가. 하지만 깊고 넓은 곳에 혼자 있다는 것은 얼마나 외로운가. 나는 마치 우주를 배회하다가 지구로 떨어진 별의 조각처럼 느껴졌다. 유성. 유성에 대해 좀 더 알고 싶었다.

유성: 지구의 대기권 안으로 들어와 빛을 내며 떨어지는 작은 물체.

문득문득 예고 없이 다가온 장면은 혹시 유성이었나. 내가 유성을 본 적이 있었나. 시간을 되돌려 봐도 기억 속에 유성은 없었다. 유성이 떨어지면 운석이 된다. 주변을 둘러보았다. 저만치에 크기가 다른 돌들이 흩어져 있었다. 나는 바닥에 놓인 돌들을 주워 모았다. 돌들을 하나씩 호수에 던졌다. 첨벙첨벙, 요란한 소리가 귓가에 울렸다.

여름 방학

 여름 방학이 시작되면서 더위는 절정에 달했다. 상가 사람들도 유리창에 휴가를 공지하고 가게 문을 닫았다. 휴가를 떠나지 않은 가게는 면 요릿집뿐이다. 면 요릿집 앞의 식물들은 자랑하듯 몸집을 부풀렸다. 사장님이 매일 물을 주기 때문이다.

 아빠는 그 아저씨를 찾느라 집에 오지 않는다. 간간이 문자를 보낼 뿐이다. 문자 내용은 단순했다. 언제나 생활비에 대한 이야기만 물었다. 혼자 있는 파란 대문 집에서 외롭거나 무섭지 않은지, 아픈 곳은 없는지 묻는 내용은 없었다. 나는 내 마음을 알 수 없었다. 마음은 한 방향으로만 가지 않았다. 수없이 갈라져 가지를 치고 뻗어 나갔다. 복잡한 골목에서 길을 잃은 듯 나의 감정은 혼란스럽고 어지러웠다. 혼자라는 생각에 외로웠지만, 그래서 아빠가 돌아오기를 바랐지만, 마음 어느 구석에서는 아빠의 픽싱이 두려웠다. 젤리가 아빠의 몸을 뒤덮어 완전히 사라지면 아빠는 무엇으로 존재를 증명해야 할까.

　면 요릿집 문을 열자마자 가장 먼저 나를 맞이한 것은 후끈거리는 공기와 어두운 실내였다. 창문이 모두 닫혀 있었다. 얼큰한 멸치 육수 냄새만이 진동했다. 분명 실내는 후텁지근한데도 공기에 냉기가 감돌았다. 문 옆에 있는 조명 스위치를 누르자 구석에 앉아 있는 사장님이 눈에 들어왔다. 놀란 가슴을 부여잡으며 요동치는 사장님의 배를 주목했다.
　"왔니?"
　사장님이 내 쪽을 보며 말했다.
　"왜 불도 안 켜고 계세요?"
　"브레이크 타임이라 눈 좀 붙였다."
　사장님은 양손으로 두 무릎을 잡고는 힘겹게 일어났다. 몇 발자국 내디디던 사장님은 휘청거렸다. 잽싸게 다가가 사장님의 팔을 잡았다.
　"괜찮으세요?"
　"그래."
　"진짜 괜찮은 거 맞아요? 힘들어 보이세요."
　"아무렇지 않으니까, 걱정 안 해도 돼."
　사장님은 내 팔을 뿌리치고 비척거리며 주방으로 향했다. 곧 전화벨이 울렸다.

"내가 받으마."

사장님은 통화를 하며 주문지에 주소를 적었다. 미리 계좌 이체를 부탁했다. 입금을 확인하고 바로 갖다드리겠다고 말하고는 전화를 끊었다. 사장님은 주방 안으로 들어가 수타면을 만들었다. 사장님 손에서 금세 긴 면발이 만들어졌다. 나는 밑반찬과 젓가락을 준비하고 주소를 확인했다. 장소는 원룸촌에 있는 건물의 옥탑방이었다.

건물 앞에 도착하고 나서야 도경을 떠올렸다. 이 건물에 도경이 살고 있었다. 자전거를 세워 두고, 계단을 올랐다. 현관문들을 지나칠 때마다 긴장감이 들었다. 옥상에 발을 디딘 순간, 마음이 팽팽해졌다. 평상에 앉아서 책을 읽고 있는 도경과 눈이 마주쳤기 때문이다. 도경도 놀란 듯 입을 다물지 못했다.

"박수온, 네가 어떻게?"

"네가, 비빔국수 시켰잖아."

도경에게 다가서서 포장된 음식을 내밀었다.

"네가 하는 알바가 배달이었어?"

"응."

도경은 음식을 받고는 나의 양어깨를 뚫어져라 보았다. 도경의 눈빛을 해석하고 싶었다.

"그동안 잘 지냈어?"

"응, 너도?"

도경은 고개를 끄덕였다.

"여기서 살아?"

"응, 눈치챘겠지만 난 혼자 지내."

나의 마음을 읽기라도 한 듯 도경이 먼저 말했다.

"엄마 아빠는 어디 계시고?"

"대정."

대정은 지방 소도시였다. 도경은 왜 이곳에 혼자 온 걸까. 대학 진학 때문일까. 그 이유는 아닌 것 같았다. 도경은 학원에 다니지 않으니까. 도경 옆에 있는 책으로 눈길을 돌렸다. 그 책은 수행 평가 기간에 읽었던 『우리의 우주』였다.

"잠깐 기다려."

집 안으로 들어갔다가 나온 도경의 손에 캔 커피가 있었다.

"마실래?"

"고맙다."

나는 캔 꼭지를 따며 도경에게 말했다.

"……발표도 끝났는데 저 책은 계속 읽네."

"알고 싶은 게 있어서."

"뭔데?"

"……."

도경은 말이 없었다.

"비밀이야?"

"……."

"뭐, 대단한 비밀인가 보다."

도경은 잠시 뒤, 말문을 열었다.

"알고 싶어?"

"응."

"……난 다른 사람들이 보지 못하는 것을 보거든."

지난번에는 보이지 않지만 존재하는 것에 관심이 있다고 하더니, 이제는 남들이 보지 못하는 것을 본다니. 내가 픽싱을 보는 것처럼, 도경의 눈에도 그런 것들이 보인다는 걸까.

"뭐야, 귀신이라도 본다는 거야?"

사사로운 농담인 척 말을 던졌다.

"글쎄."

진지했던 도경의 표정이 느슨해졌다.

"그런데 그게 우주랑 무슨 상관인데?"

"내가 보는 게 무엇인지, 왜 보이는 건지, 실마리를 찾을 수 있을까 해서."

도경은 도로 진지해졌다.

"뭐야? 농담 아니고 진짜였어?"

"내가 이상해?"

나는 아니라고 말하고 싶었다. 그건 진심이었다. 나 역시, 내가 보는 것들이 무엇인지 알고 싶어 밤새 영상을 검색했던 때가 있었으니까. 도경이 귀신이나 유령을 본다 해도 나는 믿을 것이다.

"그래서, 이유를 찾았어?"

"수행 평가 준비할 때 내가 했던 얘기 기억해? 우주는 팽창하고 있다고. 그리고 우리는 작은 우주라고."

"응."

"너는 인간의 몸에서 우주처럼 팽창하는 공간이 있다면 어디라고 생각해?"

사람에게 우주처럼 팽창하는 공간이 있다면…… 그럴 곳은 한 곳뿐이다.

"마음."

"마음?"

도경이 피식 웃었다.

"왜 웃어?"

"나도 그렇게 생각했거든."

도경은 환한 미소를 지었다. 이렇게 밝게 웃는 도경은 처음이었다.

"마음이란 공간에서는 감정에 따라 무수한 변화가 일어나잖아.

마치 별이 폭발하고 다시 만들어지는 우주처럼. 내가 보는 건 마음에서 태어나는 별, 또 다른 생명체가 아닐까. 물론 어디까지나 이건 가설일 뿐이야."

"……."

"이런 말, 좀 그런가?"

도경의 자신 없는 말투와 달리, 내 손은 저절로 가슴에 닿았다. 흔히 마음이 있는 곳을 가슴이라고 하니까. 마음에서 태어나는 새로운 생명체. 내 눈에만 보이는 픽싱들을 떠올리며 도경에게 눈길을 돌렸다.

"그래서? 네가 보는 게 생명체들이란 뜻이야?"

"어쩌면……."

도경은 고개를 숙였다. 나는 스프링이 된 것 같았다. 한껏 늘어났다가 다시 제자리로 돌아오는 스프링. 기대에 부풀었다가 처음으로 되돌아온 기분.

"그런 얘기 나한테 해도 돼?"

"왜?"

"넌 누구에게도 관심 두기 싫다며. 그런 얘긴…… 비밀 같은 거잖아. 비밀은 믿는 사람과 나누는 거 아닌가 해서."

"이런 얘기…… 부담스러워?"

"아니. 그런 건…… 아냐."

"나는 네가 불편하지 않아."

도경이 흘리듯 말했다. 또다시 어색해져 버리고 말았다. 이런 분위기는 정말, 적응하기 힘들었다. 환기가 필요한 순간이었다.

"방학인데 대정에는 안 가?"

"응."

도경의 대답은 단호했다. 도경은 멀리로 눈길을 돌렸다. 어디에 닿는지 알 수 없는 곳으로. 도경의 시선을 따랐다. 그곳에 호수가 있었다. 도경의 옥탑에서도 호수가 보였다. 도경의 눈은 잔잔한 호수 너머를 훑고 있었다. 우리의 시선이 머문 곳은 물과 땅의 경계로 다가오는 물결이었다. 내가 느끼는 혼란이 무엇인지 알 수 없지만 경계에 있다고 생각하고 싶었다. 언제가 될지 모르지만 경계를 넘어서면 선명한 무언가를 마주하게 될지 모른다고.

"너희 집은 어디야?"

도경이 물었다.

"저기, 호수 건너편."

도경은 내가 손가락으로 가리킨 곳을 응시했다.

"그린벨트로 묶여서 완전 오지 같아."

"조용하겠네."

"너무 조용해서 탈이지."

"혹시 수영할 수 있는 데도 있어? 호수를 끼고 있잖아."

아빠와 나만 알고 있는 비밀 장소, 이팝나무 숲을 생각했다. 나는 작게 응,이라고 말했다.

"가 보고 싶다."

도경의 목소리에서 진심이 느껴졌다.

"물 좋아해?"

"응."

바람이 불었다. 바람은 우리 주변의 모든 것을 흔들어 댔다. 한쪽 건조대에 걸려 있는 도경의 빨래도. 옥탑방 아래에 있는 은행나무의 이파리도. 그리고 나의 마음도. 바람이 멈추자 건물을 둘러싼 은행나무들에서 매미 소리가 한꺼번에 쏟아졌다. 매미들은 서로 수신호를 보내듯 같이 울고 동시에 멈추었다. 매미들이 함께하고 있다는 생각이 들었다. 함께, 같이. 내게는 어색한 단어.

"가야겠다. 국수 불기 전에 얼른 먹어."

"그래."

몸을 돌린 순간 도경에게 궁금한 게 한 가지 생각났다.

"그런데 너, 면 요릿집은 어떻게 안 거야?"

"옥탑방 집주인 할머니가 거기 음식들이 맛있다고 알려 주셨어. 먹어 보라고."

"맞아. 진짜 맛있어. 나 간다."

돌아서자마자 뒤에서 박수온, 하고 부르는 도경의 목소리가 들려왔다. 나는 몸을 돌렸다.

"왜?"

"힘들 때 누군가가 필요하면, 연락해."

도경은 내 몸을 보고 있었다. 나의 양어깨를. 드디어 도경의 눈빛에서 단어를 읽을 수 있었다. 그건 염려와 걱정이었다. 어떠한 기운이 내게 몰려들었다. 픽싱이 보이기 직전 일어나는 느낌과는 달랐다. 마음에서 폭죽 같은 것이 터지는 듯했다. 불꽃 파편들로 인해 전기가 감도는 듯 가슴이 저렸다. 무슨 말을 전하고 싶었다. 시간이 지난 뒤 알았다. 전하고 싶었던 말은 '고마워'였다. 하지만 그 단어는 입의 문턱을 넘지 못했다.

방문자

"다녀왔습니다."

 헬멧을 벗으며 가게 안으로 들어오자 테이블을 사이에 두고 마주 앉은 두 사람이 내 쪽으로 동시에 고개를 돌렸다. 사장님 앞에 낯선 사람이 앉아 있었다. 작은 체구에 머리카락이 짧았고, 헐렁한 셔츠와 청바지를 입고 있었다. 잠시 뒤 그 사람이 사장님의 딸, 인회 언니라는 것을 알았다. 둥그런 얼굴과 진한 눈썹이 사장님과 너무나 닮았기 때문이다. 그런데 영국에 있어야 할 인회 언니가 왜 여기 있는 걸까. 그리고 왜 사장님의 표정은 단단히 화가 난 걸까. 사장님과 인회 언니 사이에 흐르는 기운이 심상치 않았다. 팽팽하게 늘어난 고무줄처럼 긴장감이 맞서고 있었다.

"수온아, 오늘 장사는 끝났으니 그만 돌아가도 된다."

"이제 여섯 시인데요."

"오늘은 그만 접자."

사장님의 목소리는 냉랭했다. 그때 인회 언니와 눈이 마주쳤다. 언니의 시선을 피해 파동이 심해진 사장님의 배를 보았다.

"그만 가 볼게요."

밖으로 나왔지만 두 발이 떨어지지 않았다. 사장님의 출렁이는 배가 불안했다. 내가 있을 자리가 아니란 걸 알았지만 사장님의 배가 자꾸 눈에 밟혔다. 이곳을 떠날 수 없었다.

"말도 없이 한국에는 어떻게 온 거니?"

밖으로 사장님의 목소리가 새어 나왔다. 그 소리를 듣자 운동화 밑창이 바닥에 붙어 버린 듯 꼼짝할 수 없었다. 똑바로 선 채 안에서 들려오는 소리에 귀를 기울였다.

"그냥, 왔어."

"그냥이라니? 공부는 어떻게 하고."

침묵이 깨지며 인회 언니의 목소리가 흘러나왔다.

"솔직히 말하면 오래전부터 한국에 돌아오고 싶었어. 그런데……."

또다시 침묵. 그리고 이어진 인회 언니의 음성.

"걱정 마. 내가 번 돈으로 온 거니까."

"돈을 벌다니? 무슨 말이야?"

"한국에 오는 비행기표 값 벌려고 아르바이트 했다고."

"공부만 해도 모자랄 시간에!"

사장님 목소리에 화가 잔뜩 묻어 있었다.

"오고 싶은 걸 어떻게 해. 아빠도 한국도 그리웠다고."

인회 언니 목소리에 물기가 배어 있었다.

"아빠, 거울 좀 봐. 아빠 모습이 어떤지."

"내가 좋아서 하는 거다."

"아빠, 그럴 때는 좋아서 한다고 얘기하는 거 아니야. 아빠는 아빠가 뭘 좋아하는지도 모르면서."

"네가 잘되는 게 내가 좋아하는 거야!"

사장님의 언성이 높아졌다.

"그러니까, 나만 보고 사는 아빠가 숨이 막힌다고!"

"뭐? 숨이 막혀!"

사장님이 버럭 화를 냈다. 처음 듣는 고성에 놀라 양손을 움켜쥐었다. 그때였다. 쿵, 소리와 함께 인회 언니의 다급한 목소리가 새어 나온 것은.

"아빠! 아빠!"

더는 가만히 있을 수 없었다. 문을 열고 가게 안으로 들어가자 사장님이 쓰러져 있었고 인회 언니는 사장님의 몸을 끌어안은 채 울고 있었다. 사장님의 배가 거칠게 꿈틀거렸다. 인회 언니가 눈물을 흘릴수록 사장님의 배는 더욱 격하게 요동을 쳤다.

"제, 제가 119에 전화할게요."

인회 언니는 눈물범벅인 얼굴로 나를 쳐다보았다. 떨리는 손가락에 겨우 힘을 주어 1, 1, 9를 눌렀고 곧 연결이 되었다. 목소리를 더듬으며 급박한 상황을 알렸다.

구급차가 도착했다. 구급대원들이 가게 안으로 들어와 사장님의 맥박과 혈압, 호흡, 체온 등을 확인했다. 바로 사장님을 들것에 실어 차로 옮겼다. 주변 상가 사람들이 밖으로 나와 구급차를 에워싼 채 긴박한 상황을 지켜보았다. 사장님이 걱정되는 마음에 인회 언니와 함께 구급차에 올라탔다. 구급차는 가장 가까운 중형 병원으로 사장님을 이송했다.

병원 응급실로 들어오자마자 구급대원들이 의료진에게 사장님의 상태를 알렸다. 사장님이 침상으로 옮겨지고 의사의 진찰이 시작됐다. 인회 언니는 떨고 있었다. 새하얗게 질린 얼굴로 견디고 있었다. 무서운 건 나도 마찬가지였다. 지금 내가 할 수 있는 건, 인회 언니의 손을 잡아 주는 것뿐. 그건 날 위한 것이기도 했다. 내게도 붙잡고 있을 무언가가 필요했기 때문에. 인회 언니는 울 듯한 표정으로 내 손을 꼭 쥐었다.

의사는 사장님의 혈압이 높다며 혈액을 뽑고 바로 CT를 찍어 보자고 했다. 간호사들이 움직임이 더욱 분주해졌다. 곧 사장님이 누워 있는 침상이 CT실로 옮겨졌다.

한 시간이 지난 뒤 사장님은 CT실에서 응급실로 돌아왔다. 사장님은 다행히 안정을 찾아 갔다. 약물 덕분인지 높았던 혈압도 정상 수치로 떨어졌다. 잠시 뒤 의사는 혈액 검사 결과를 인회 언니에게 알렸다. 평소에도 혈압이 높았을 것이라고 말했다. 당뇨와 고지혈증도 있다면서 인회 언니에게 사장님의 평소 식사와 운동, 생활 습관에 대해 물었고 언니는 잘 모른다고 말했다.

의사의 질문들에 나의 아빠를 대입해 보았다. 나 역시 아빠에 대해 아는 것이 없었다. 의사는 며칠 쉬면서 안정을 찾아야 한다고 말한 뒤, 다른 환자를 진찰하러 자리를 떠났다.

이어 간호사가 사장님이 잠에서 깨어나면 약을 받아서 퇴원하면 된다고 했다. 외래 날짜를 잡아 주겠다면서 약을 다 먹으면 병원에 방문하라고 일러 주었다. 그제야 인회 언니 얼굴에 사무쳤던 근심이 옅어지기 시작했다. 한참 동안 사장님의 얼굴을 내려다보던 인회 언니가 내게로 시선을 돌렸다.

"수온아, 고마워."

인회 언니가 내 손을 쓰다듬었다. 그 손길에서 온정이 느껴졌다.

"제 이름을 어떻게 아세요?"

"얼마 전에 아빠랑 통화하다가 들었어. 알바하고 있는 고등학생이 있다고. 이름이 수온이라고. 내가 언니니까, 말 편히 해도 되려나? 이미 하고 있지만."

"그럼요."

"잠깐 나갈래?"

인회 언니는 젖어 있는 눈시울을 손등으로 닦아 내며 말했다.

우리는 응급실 옆에 있는 간이 휴게실로 들어왔다. 인회 언니는 음료수를 사 오겠다며 자리에서 일어났다. 반대편 테이블에 앉아 있는 임신부가 눈에 들어왔다. 조만간 출산을 앞둔 듯 배가 많이 불러 있었다. 엄마 뱃속에 있는 아기가 상상됐다. 아기와 엄마를 연결해 주는 탯줄도.

잠시 뒤, 인회 언니가 캔 커피 두 개를 가지고 들어와 옆에 앉았다. 나는 임신부에게 향한 눈길을 거두고 인회 언니에게 집중했다.

"마셔."

나는 음료를 받았다. 우리는 캔을 들고만 있었다. 인회 언니가 다시 입을 열었다.

"혼자였다면 당황해서 아무것도 못 했을 것 같아. 어떻게 밖에 있었던 거니?"

"안에서 소리가 들려서요. 사장님이 걱정되기도 하고요."

"그랬구나. 네가 있어서 정말 다행이었어."

인회 언니는 나와 초면인데도 익숙하게 대했다. 그게 조금은 이상하면서도 편했다. 무엇보다 인회 언니와 내겐 공통점이 있었다. 가족이 아빠와 둘이라는 것.

"수온이는 대단하다. 난 수온이 나이 때 알바할 생각도 못 했는데."

"……."

스스로를 대단하다고 생각한 적은 없었다. 그저 내 필요에 의해서 하는 거니까.

"아빠가 겉으론 무뚝뚝해도 마음은 따뜻해. 아빠가 어땠는지 얘기해 줄 수 있니?"

"……."

"하긴, 이런 말 좀 이상하지? 딸인 내가 남에게 아빠에 대해 이야기를 해 달라고 하는 게. 영국으로 유학 간 지 이 년째야. 그동안 한국에 한 번도 못 왔거든. 의사 선생님이 아빠에 대해 묻는데 아는 게 아무것도 없더라. 물론 네가 경험한 아빠가 전부라고 말할 수는 없겠지. 단편적인 부분이라도 알고 싶어서."

인회 언니의 고백 뒤에야 아빠에 대해 얘기해 달라는 질문을 이해했다. 곧 무뚝뚝하지만 다정한 면이 있는 사장님에 대해 이야기를 했다.

"사실 놀란 부분도 있었어."

"왜요?"

"가게 앞에 있는 화분들, 아빠가 잘 키우고 있는지 몰랐거든."

화분들에 어떤 사연이 있는지 물었다.

"모두 내가 키우던 거야."

"정말요?"

인회 언니는 공부를 잘해서 어릴 때부터 모두의 기대를 한 몸에 받았다고 했다. 어른들의 관심과 시선이 솔직히 부담스러웠던 적도 있었다고. 어느 날 학교에서 공부를 하다가 울적한 마음에 벤치에 앉아 멍하니 보도블록을 내려다보았는데, 꽉 들어찬 벽돌이 자기 마음 같았다고 했다. 그때 인회 언니 눈에 어린 민들레가 들어왔다고. 여린 줄기가 벽돌 틈 사이에서 꽃을 피운 모습을 한참 들여다보았다. 마음이 뭉클했다고 했다. 이후 식물에 관심이 생겨, 대학도 원예학과에 입학했고 유학까지 가게 됐다고 했다.

나는 인회 언니 이야기 속으로 빠져들었다. 이내 가게 안에 붙어 있는 세계 지도가 떠올랐다. 사장님이 지도를 거울처럼 들여다보던 모습도.

"벽에 세계 지도가 붙어 있거든요. 면 요릿집에 오면 사장님이 늘 그 앞에 서 있었어요. 자세히 보면 한국이랑 영국이 연결되어 있어요. 국수 면발 같은 긴 줄로요. 언젠가 사장님이 언니에 대해 이야기를 들려주었는데, 언니를 자랑스러워 하는 듯했어요."

"……"

"이제야 알겠어요. 사장님이 그 지도 앞에 서 있었던 이유. 사장님이 본 건 지도가 아니라 언니였던 것 같아요. 그러니까, 사장님도 언니를 그리워했던 게 아닐까요?"

인회 언니는 말이 없었다. 그 대신 내가 물었다.

"사장님은 언니에게 어떤 아빠였어요?"

인회 언니는 음료수 캔을 따고는 짧게 한 모금을 마시더니 말을 이었다.

"엄마가 돌아가시고 아빠는 나만 보고 살았어. 내가 원하는 것은 다 들어주었어. 대학 졸업한 뒤 유학을 가고 싶다고 했을 때도 흔쾌히 지원해 주겠다고 했고. 내가 잘되는 게 가장 큰 행복이라고 말했지. 그게 엄마를 사랑하는 방법이라면서."

이야기가 이어질수록 가슴에서 묘한 감정이 출렁였다. 응급실에서 우리를 응대하던 간호사가 주변을 두리번거렸다. 곧 우리를 발견하고는 다가와 사장님이 깨어났다는 소식을 전해 주었다. 우리는 응급실로 향했다.

그때였다. 강한 에너지가 나를 향해 밀려온 것은. 픽싱이 보이기 직전의 전조 증상. 눈을 감자 환한 빛이 섬광처럼 번쩍였다. 잠시 뒤, 눈을 뜨자마자 인회 언니만 도드라지게 눈에 들어왔다. 언니 가슴에서 연둣빛 떡잎이 솟아 나왔다. 줄기가 점점 모습을 드러냈다. 줄기 사이사이 엄지손톱 크기의 초록색 이파리가 달렸다. 넝쿨처럼 자란 줄기는 응급실로 향했다. 나는 줄기 끝이 궁금해 인회 언니를 따랐다. 그 줄기는 사장님의 배와 연결되어 있었다. 인회 언니와 사장님을 연결한 식물 줄기에는 어쩐지 생기가 없었다.

깨어난 사장님은 인회 언니와 나를 보더니 적잖이 놀랐다. 사장님은 가게에서 일어난 일을 기억하지 못했다. 그래서 인회 언니가 이야기를 전해 주었다.

"아빠, 의사 선생님이 당분간 무리하면 안 된다고 했어. 가게 문 닫고 쉬었으면 좋겠는데."

"뭐 하러?"

사장님의 목소리가 딱딱했다.

"아빠, 제발 내 말 좀 들어."

인회 언니가 애원하자 사장님이 조용해졌다. 인회 언니는 나를 돌아봤다.

"수온아, 이번 주는 아무래도 가게 문을 닫아야 할 것 같아."

사장님이 끼어들려고 하자, 나는 얼른 말을 던졌다.

"여름 휴가네요. 좋아요. 그렇게 알고 있을게요. 사장님, 인회 언니랑 좋은 시간 보내세요. 건강도 챙기시고요."

"그……래. 오늘 정말 고맙다, 수온아."

사장님은 난감한 표정을 지었다.

"이만 가 볼게요. 일주일 뒤에 봬요."

꾸벅 인사를 한 뒤 응급실에서 나왔지만 발길이 떨어지지 않았다. 벽 뒤에 서서 사장님과 인회 언니를 지켜보았다. 사장님의 배와 인회 언니의 가슴에 이어진 넝쿨. 인회 언니의 픽싱. 두 사람의 픽싱이 연결된 걸 보는 건 처음이었다. 사장님의 배는 잠잠했다. 편안해 보였다. 마치 인회 언니의 마음속 영양분을 먹고 있는 것처럼. 아니, 인회 언니가 사장님의 영양분을 먹는 것일까.

병원 밖으로 나오니, 어느새 밤이 깊었다. 벤치에 앉아 하늘을 쳐다보았다. 반짝이는 별들이 하나둘 눈에 들어왔다. 별을 보니 도경의 이야기가 떠올랐다. 마음이 만들어 냈다는 생명체 이야기. 만약 그 가설이 진실이라면…….

주머니에 넣어 둔 휴대폰을 꺼내 아빠 번호를 불러들였다. 안부라도 물어볼까. 용기가 굳어 버렸는지 손가락이 움직이지 않았다. 아빠의 얼굴이 지워지고 도경의 얼굴이 나타났다. 힘들 때 자신을 찾으라고 말했던 도경. 도경의 번호를 불러들인 뒤 통화 버튼을 눌렀다.

"여보세요?"

도경의 목소리는 작고 차분했다.

"어디야?"

"도서관."

"이 밤에?"

"비빔국수 먹고 소화시킬 겸 왔어."

"맛은 어땠어?"

"정말 맛있더라. 다음에는 다른 걸 먹어 보려고."

"그런데 어쩌지? 일주일 뒤에야 먹을 수 있는데."

"왜?"

"면 요릿집이 휴가야."

"그래?"

나는 말을 잃은 채 도경의 숨결에 귀를 기울였다.

"할 얘기 더 있지."

도경이 먼저 말했다.

"어떻게 알았어?"

"그냥, 느낌으로."

나는 아빠에게 내지 못한 용기를 끌어 올렸다.

"지금 도서관으로 가도 돼?"

"와. 기다릴게."

"도착하면 메시지 할게."

도경은 천일홍 아래 벤치에 앉아 있었다. 다가가 옆에 앉자 도경이 나를 돌아봤다.

"왔네."

도경은 왜 갑자기 면 요릿집이 휴가냐고 물었다. 오늘 있었던 일들을 이야기했다. 하지만 사장님과 인회 언니의 픽싱에 대해서는 말하지 않았다. 내가 궁금한 건, 도경은 왜 힘든 일이 있을 때 자기에게 연락을 하라고 했는지였다.

도경은 입술을 달싹였다.

"그 이유를 묻는 건, 지금 힘들다는 뜻이구나."

"들켰네. 근데 이유는 묻지 마. 아직 말하기 어려워."

도경이 가벼운 미소를 지었다.

"……네가 궁금해졌어."

도경의 나직한 목소리에 잠잠했던 가슴이 뛰기 시작했다. 알 수 없는 에너지가 내 몸으로 들어오는 듯했다. 픽싱을 마주하기 직전처럼 아찔했다. 드디어 보이는 건가. 도경의 픽싱이. 나는 눈을 감았다. 하나, 둘, 셋……. 숫자를 세며 마음의 준비를 한 뒤 눈을 떴다. 하지만 도경의 몸에서는 아무것도 보이지 않았다.

"너의 이야기가 알고 싶어."

나의 이야기. 막막했다. 어디서부터 어디까지가 나의 이야기일까. 이야기의 시작을 찾기 위해 시간을 거슬러 갔다. 눈앞에 초록색과 청록색 빛이 보였다. 그곳은 호수마을의 이팝나무 숲과 숲 너머의 호수였다.

"정말 궁금해?"

"응."

"그럼 내일 호수마을에 올래?"

도경은 고개를 끄덕였다.

도경과 호수

 눈을 뜨고 시간을 확인하니, 오전 10시였다. 늦잠을 잔 줄 알고 침대에서 벌떡 일어나 앉았다. 그러고 나서야 깨달았다. 면 요릿집이 일주일 동안 문을 닫는다는 것과 어젯밤 도경을 호수마을에 초대했다는 것을. 도경이 오기로 한 시간은 11시였다. 서둘러 씻고 옷을 갈아입었다. 소파에 앉아 도경에게 문자를 보냈다.

—오고 있니?

 잠시 뒤, 가고 있다는 도경의 문자가 도착했다.
 나가기 전, 거울 앞에 섰다. 거울 속의 나는 초록색 줄무늬 티셔츠에 하늘색 반바지 차림이었다. 마지막으로 햇빛을 가리는 챙 넓은 모자를 쓰고 마당으로 나왔다. 면 요릿집에 놓고 왔기 때문에 오늘은 자전거를 탈 수 없다. 마을버스 정류장까지 찬찬히 걸어가기로 했다.

정류장에 내리쬐는 햇볕이 뜨거웠다. 길가에 줄 서 있는 나무에서 울려 퍼지는 매미 소리가 요란했다. 정류장 의자에 앉아 1번 버스를 기다렸다. 얼마 뒤 초록색 1번 마을버스가 도착했다. 흰 티셔츠에 청바지를 입고 샌들을 신은 도경이 보였다. 도경이 손을 흔들며 버스에서 내렸다.

"어서 와, 정도경."

"어디로 가야 해?"

뜨거운 태양 아래 선 도경은 눈이 부신 듯 눈살을 찌푸렸다.

"저쪽이야."

나는 길 건너로 이어진 좁은 길을 가리켰다. 그 길에는 이팝나무들이 양쪽으로 길게 이어져 있었다. 우리는 나무 그늘을 이정표 삼아 걸었다. 여름 나무의 이파리로 햇빛이 가려져 걷기가 편했다. 길을 걷는 내내 우리는 달콤한 이팝나무의 향기를 맡았다. 사람들의 이동이 드문 길이라 낙엽이 수북했다. 걸음을 내디딜수록 나뭇잎 부서지는 소리가 바스락바스락 들려왔다. 그 소리로 도경의 감정을 짐작할 수 있었다. 조금은 경쾌하고 가벼운 마음을.

어느새 이팝나무 장벽 앞에 이르렀다.

"이 나무 사이를 통과하면 돼."

도경이 나무 사이를 빠져나갈 수 있도록 나뭇가지를 붙잡았다.

몸을 수그린 도경은 손쉽게 그곳을 통과했다. 이번에는 도경이 나뭇가지를 잡아 주었고 나도 그곳을 지나갔다. 우리는 반짝이는 윤슬로 뒤덮인 호수를 마주했다.

"와, 이런 데가 있었네."

도경이 탄성을 질렀다.

"사실은 거의 이 년 만에 온 거야. 한동안 오지 않았어. 아니, 못 했어."

"그럼 나 때문에 일부러 온 거야?

도경은 두 눈썹에 힘을 주었다.

"너랑 수행 평가 준비를 하고, 네가 들려준 우주 이야기를 듣고 나서 왔어. 처음에는 이팝나무 숲 앞까지였어. 오늘이 두 번째야. 모든 게 그대로였어. 아무것도 변하지 않았어. 그래서였나 봐. 네가 내 이야기를 알고 싶어 한다고 말할 때 이곳이 생각난 건."

"……."

"어릴 때는 이 호수가 바다인 줄 알았어. 그땐 수평선이 굉장히 멀게만 느껴졌거든. 여기서 아빠랑 헤엄치며 자주 놀았어. 그때는 온 세상이 내 것 같았는데."

"지금은 아니야?"

"지금은…… 외톨이 같아. 세상 중심에서 쫓겨난 외톨이. 물에 들어간다면 가라앉을 것 같아. 숨을 쉴 수 없는 깊은 물속으로. 지금, 내 마음에는 무거운 돌이 가득 쌓여 있는 것 같아."

"……."

도경은 말없이 곳곳에 흩어져 있는 돌을 모으기 시작했다. 돌들을 내 앞에 쌓아 두더니, 하나를 집어 올려 호수에 던졌다.

첨벙.

뭉툭한 소리가 들려왔다. 그 소리는 물속으로 가라앉은 돌의 무게를 짐작하게 했다. 도경은 돌 하나를 주워 내 손에 쥐여 주었다.

"너도 던져 봐."

나는 그 돌을 받아 한참을 손에 쥐고 만지작거렸다. 그러다 무심히 던져 버렸다.

첨벙.

이후 우리는 누가 먼저랄 것도 없이 돌을 던졌다.

첨벙, 첨벙, 첨벙, 첨벙…….

왠지 첨벙 소리는 응원 같았다. 힘내라, 박수온. 힘내라, 정도경.

"어때?"

도경이 물었다.

"후련해. 던지고 나니까, 조금 가벼워진 것 같아."

"다행이네."

도경이 웃었다. 그때였다. 도경이 모래사장의 끝을 바라본 것은. 도경이 그쪽으로 다가가더니, 돌을 하나 주워 와 내 앞에 내밀었다. 동그랗고 매끈한 돌은 한낮의 찬란한 햇빛에 반짝였다. 마치 하늘에서 떨어진 별똥별처럼.

"예쁘다."

"그렇지? 예쁘지?"

도경이 웃었다.

"돌이 무겁기만 한 건 아니야. 이렇게 부드럽고 반짝이기도 하니까."

나는 피식 웃었다. 도경이 내 손에 그 돌을 쥐여 주었다. 손안에 감싸인 부드러운 돌. 손바닥을 펼치자, 돌의 표면에 햇살이 닿아 빛이 났다.

"정말 보석 같다."

이 돌은 던지고 싶지 않았다. 간직하고 싶었다. 그때였다. 도경의 배에서 꼬르륵 소리가 들린 건.

"정도경, 우리 집에서 라면 먹을래?"

"좋아."

나는 돌을 손에 꼭 쥐었다.

공통점

뜨거운 햇볕이 마당을 가득 채우고 있었다. 사방에서 들려오는 매미 소리는 집을 가득 메울 정도로 요란했다. 대문 밖은 울창한 여름이 자라고 있는데 파란 대문 집 안은 황량했다. 마당의 풀들이 말라 있었고 담 둘레 나무들의 이파리도 지쳐 보였다. 시들어 가는 집을 어째서 지금에야 보게 된 걸까.

마당 한편에는 긴 호스가 달린 수돗가가 있었다. 수도꼭지를 돌리자 호스 끝에서 물이 흘러나왔다. 호스를 들고 마당 정원에 물을 뿌렸다. 도경은 물에 젖어 드는 정원을 찬찬히 둘러보았다. 슬쩍 도경을 보니, 눈빛 속에 흥미가 차오르고 있었다.

도경은 지하실로 향하는 계단을 눈여겨보았다.

"저기는 뭐야?"

"지하실."

"안에 뭐가 있어?"

"옛날 물건들."

"들어가서 봐도 돼?"

"지저분할 텐데."

도경은 아쉬운 표정을 지었다. 고민에 휩싸였다. 저곳을 볼 것인지 말 것인지.

"정말 보고 싶어?"

도경은 고개를 끄덕였다.

"넌 궁금한 것도 많구나. 따라와."

수도꼭지를 잠그고 앞서서 계단을 내려갔다. 뒤에서 도경의 기척이 느껴졌다.

문을 열자, 덥고 습한 기운이 풍겨 나왔다. 역겨운 곰팡이 냄새가 코를 찔렀다.

도경은 안쪽을 향해 휴대폰 불빛을 밝혔다. 나도 휴대폰 불빛을 지하실 깊숙이 드리웠다. 우리는 불빛이 닿은 곳을 꼼꼼히 살폈다.

세월로 바랜 물건들이 쌓여 있었다. 낡은 책과 여러 권의 노트, 옷가지가 공간을 차지하고 있었다. 도경은 책에 관심을 가졌다. 책은 낡고 더러웠다. 도경이 밝힌 휴대폰 불빛으로 책의 표지와 책등의 글자들이 드러났다. 어느 부분은 종이가 삭아서 글자를 읽을 수조차 없었다. 간간이 성한 책이 있었다. 도경이 빛을 드리울 때마다 밑줄이 그어진 문장이 선명하게 드러났다. 도경은 상태가 괜찮은 책 몇 권을 고른 뒤, 옆에 있는 노트들도 펼쳐서 읽었다.
"이건 일기장 같은데?"
"일기장?"
놀란 나는 도경에게 다가갔다. 도경이 노트를 내게 건네주었다. 불빛을 비춰 보니 날짜와 날씨, 일기가 적혀 있었다. 아빠의 글씨였다. 아빠의 일기장이었다. 한두 권이 아니었다. 다른 노트들에도 글들이 빼곡했다. 아빠는 어른이 되어서도 일상을 기록하고 있었다. 그제야 어렴풋한 기억들이 떠올랐다. 어린 시절, 아빠는 밤이 되면 동화책을 읽어 주었고 아빠 목소리를 들으며 잠이 들었다. 가끔 잠결에 펜을 쥐고 있는 아빠를 보았던 기억이 있다.

도경은 보물을 발견한 것처럼 흥미로워했다. 하지만 책에는 먼지와 곰팡이가 있었다. 우리는 기침을 했다. 한번 나온 기침은 잦아들지 않았다.

"그만 콜록, 나가야겠어. 콜록."

내 말에 도경은 책들을 가지고 나가도 되느냐고 물었다.

"응."

오래전 아빠가 했던 말이 기억났다. 이곳에 아빠의 시간이 있다고. 언젠가는 그 시간을 가지고 나올 거라고. 나는 아빠의 일기장들을 챙겼다.

밖으로 나오자마자 숨을 크게 내쉬고 들이마셨다. 더운 공기마저 상쾌하게 느껴졌다.

우리는 집 안으로 들어오자마자 손을 씻고 세수를 하고는 선풍기를 틀었다.

내가 라면을 끓이는 동안, 도경은 선풍기 앞에 앉아 지하실에서 가지고 나온 책과 노트를 물티슈로 닦았다. 몽글몽글 끓어오르는 라면을 휘저으며 틈틈이 도경을 살폈다. 어느새 도경은 책을 읽고 있었다. 그사이 라면이 다 익었다.

"다 됐어. 정도경, 얼른 와."

도경은 읽던 책을 덮고는 부엌으로 와 식탁 의자에 앉았다. 반찬으로 먹을 만한 건 사장님이 챙겨 준 깍두기가 전부였다.

냄비 뚜껑을 열자 얼큰한 라면 냄새가 풍겼다. 갑자기 허기가 밀려왔다. 우리는 마주 앉아 라면을 먹었다. 호로록호로록 소리를 내며.

금세 냄비 바닥이 드러났다. 배가 부르자, 몸이 녹신녹신했다. 우리는 거실로 나와 선풍기를 하나씩 차지하고 소파에 등을 기댄 채 나란히 앉았다. 도경은 고개를 들고 나무 천장의 격자무늬를 보며 입을 열었다.

"이 집에선 언제부터 산 거야?"

"이 년 전."

도경은 엉덩이를 들썩이며 자세를 고쳐 앉았다.

"아빠는 지방 건설 현장에서 일을 하고 있어. 그리고 아빠 돈을 떼먹고 간 사기꾼을 찾기 위해 전국을 누비고 있어. 그래서 집에 한 달에 한 번 올까 말까야. 나도 이 집에서 혼자 있는 거나 마찬가지야."

도경은 아무 말도 하지 않았다. 사람의 손길이 닿지 않은 마당과 지하실, 텅 빈 냉장고……. 이런 환경에서 살고 있는 나를 도경은 어떻게 여기고 있을까. 도경이 나에 대해 어떤 생각을 하든 그건 도경의 자유다. 나는 그 위험을 감수하고 도경을 집으로 초대한 것이다. 그러니까, 도경에게 나의 치부를 드러낸 것이나 다름없다. 나는 도경을 믿고 있는 걸까. 도경을 믿어도 괜찮은 걸까.

"저 옷은 뭐야?"

도경이 한쪽 벽에 걸어 둔 타이거 워리어 옷에 대해 물었다.

"친구 건데 어쩌다 보니 내가 갖고 있게 됐어."

도경의 알 수 없는 표정에 나는 다미와 부캐 클럽에 대한 이야기를 짧게 전했다. 도경은 나의 이야기를 집중하는 눈으로 들어 주었다. 잠시 다미를 생각했다. 다미에게 사과 문자를 받은 이후 어떠한 연락도 하지 않았다. 아주 가끔, 다미의 픽싱인 고양이에게 느꼈던 감정을 떠올렸을 뿐이다.

"나도 너에 대해 알고 싶은 게 있어."

도경은 무엇이든 물어보라는 듯 편안한 눈빛을 지었다.

"네가 보는 낯선 존재에 대해 얘기해 줄 수 있어?"

"정말 알고 싶어?"

나는 고개를 끄덕였다.

"놀라지 않을 자신 있어?"

다시 한번 고개를 주억였다. 도경이 내 어깨를 가만히 들여다보았다. 교실에서, 옥탑방 마당에서 보던 그 눈빛으로. 또다시 가슴이 두근거렸다.

"난 네 몸에 붙어 있는 낯선 존재를 볼 수 있어."

그 순간 심장이 철렁, 내려앉았다. 잘못 들었을까. 아니다. 확인이 필요했다.

"……무슨 뜻이야?"

도경의 의미심장한 눈빛은 여전했다. 허투루 하는 말이 아닌 것이다. 당장 이야기를 해 달라고 했다.

"네 몸에 돌이 붙어 있어. 어깨와 등에. 몸 곳곳에."

"돌?"

돌이라니. 내 몸에도 픽싱이 있었단 말인가. 내가 볼 수 없는 픽싱을 도경은 볼 수 있다. 믿을 수 없었다. 유리창으로 고개를 돌렸다. 유리창에 흐릿하게 비치는 내 모습. 내 눈에는 아무것도 보이지 않았다. 도경이 내게 준 돌이 떠올라 주머니에서 꺼냈다.

"그래서 이 돌을 준 거야?"

도경은 말없이 눈을 깜박였다.

"언제 봤어? 내 몸에 있는 돌을."

"수행 평가 준비 기간에. 널 만난 다음 주 월요일인가, 네가 학교 숲 근처 바위에 앉아 있는 걸 봤어. 그때 처음 돌을 봤어. 미안. 이런 얘기는 못 들은 걸로 해도 괜찮아."

도경은 당황한 듯 손을 내저었다.

"아니, 아니야. 괜찮아."

"무슨 뜻이야?"

"말 그대로야. 상관없어."

도경의 눈에 픽싱이 보였다면 도경이 내게 관심이 있다는 뜻일까. 나는 알고 싶었다.

"그래서 나에 대한 호기심이 생긴 거야?"

"단순한 호기심은 아냐. 언제부터인지 모르겠어. 너랑 유성과 우주, 마음의 생명체에 대한 이야기를 나눠서였을까. 네가 궁금해졌어. 정확한 이유는 몰라."

"그럼 네 눈에 보이는 게, 네가 말한 생명체라는 뜻이야? 마음에서 생성된 생명체?"

"난 그렇게 생각해. 지금까지는."

도경은 내 눈을 가만히 들여다보았다. 도경의 눈 속에는 의문이 차오르고 있었다.

"그런데 넌 이런 내가 이상하지 않아?"

"무슨 뜻이야?"

"내 얘기를 아무렇지 않게 받아들인 것 같아서. 어떠한 의심도 없이."

막다른 골목 앞에 이른 듯 당황스러웠다. 솔직히 도경의 이야기가 반갑기도 하고 다행이기도 했다. 나 혼자만 겪는 일이 아니라는 생각에. 그렇다면 더는 도경에게 숨길 이유가 없었다.

"그건…… 나도 너와 같으니까."

도경의 동공이 커다래졌다.

"네가 보는 걸 난 픽싱이라고 불러."

도경의 이야기

　선풍기 돌아가는 소리가 집 안을 채웠다. 우리는 평행선처럼 같은 곳을 바라볼 뿐, 마주 보지 못했다. 그런데도 신경은 온통 도경에게 닿았다. 도경의 이야기가 궁금했다. 도경이 나의 이야기를 알고 싶어 했던 것처럼.
　"나도 네 이야기를 듣고 싶어."
　도경은 찬찬한 눈으로 나를 보더니, 천천히 자기 이야기를 들려주었다.
　"어릴 때부터 난 수영을 했어. 은표랑 같이. 은표는 어릴 때부터 단짝 친구였어. 우리가 어릴 때, 엄마들끼리 먼저 친해졌지. 우리 동네에는 산이랑 이어진 공원이 있었는데 그곳에 실외 수영장이 있었어. 동네 사람들 누구나 이용할 수 있는. 그 수영장은 공원 안에 있어서 숲속에 있는 호수 같은 분위기를 풍겼어.

은표랑 나는 여름 방학만 되면 수영장에서 살다시피 했어. 여름에는 오후 아홉 시에 문을 닫았지만, 우리는 수영장으로 가는 비밀 통로를 알고 있어서 몰래 밤늦게까지 놀기도 했지. 난 수영이 좋았어. 물속에서 내 몸은 정말 가벼웠거든. 팔을 휘저을 때마다 몸에 날개가 달린 듯 자유로웠어.

　은표랑 나는 중학생 때 정식으로 수영을 배우러 수영 클럽에 들어갔어. 그런데 그곳에서 낯선 감정을 느꼈어. 은표는 정말 실력이 좋았어. 난 늘 은표보다 뒤처졌지만 상관없었어. 열심히 연습했고 조금씩 내 기록을 깨고 있었으니까. 그런데 언제부턴가, 다른 사람들이 우리를 경쟁 상대로 몰아갔어.

　중학교 2학년이 되고 어느 날, 코치님과 감독님이 나를 따로 불렀어. 은표가 점점 실력이 좋아지고 있다고. 넌 늘 2등만 할지도 모른다고. 그 말을 들은 뒤로 묘하게 은표가 신경 쓰였어. 눈치를 보게 됐고 은표와 나의 기록을 비교했지. 기분이 썩 좋지는 않았어. 이런 미묘한 감정이 싫었어. 수영이 좋아서 헤엄을 쳤던 그때로 돌아가고 싶었어. 연습이 없는 날, 은표에게 같이 실외 수영장에 가자고 했어. 하지만 은표는 부모님과 약속이 있다면서 내 제안을 거절했어. 나중에 알았어. 은표가 따로 개인 훈련을 받고 있었다는 걸. 나랑 우리 엄마한테는 비밀로 하고. 그 일로 은표네 엄마랑 우리 엄마의 사이가 틀어지고 나도 달라졌어. 한 번쯤은 꼭 은표를 이기고 싶어진 거야. 우리 부모님은 개인 훈련까지 해 줄

형편이 아니었기에 난 내가 할 수 있는 선에서 열심히 했어. 이른 새벽에도 밤에도 연습했어. 그런데 아이들이 이상했어. 나를 멀리하고 따돌린다는 느낌이 들었어.

　나중에 알았어. 은표가 내 이야기를 안 좋게 하고 다녔다는 것을. 믿을 수 없었어. 뭔가 오해가 있을 것이라고 생각했어. 그래서 은표에게 만나자고 했어. 우리의 비밀 장소인 수영장에서.

　약속 날, 아무리 기다려도 은표가 오지 않은 거야. 그사이 밤이 깊어 갔지. 수영장은 문을 닫았어. 하지만 은표는 우리의 비밀 통로로 꼭 올 거라고 믿고 기다렸어. 기다리다 지쳐 수영장에서 혼자 수영을 했어. 누군가를 이기기 위한 수영이 아닌, 나를 위한 물놀이를. 어스름한 달빛이 내려앉아선지 물은 은하수처럼 반짝였어. 그때는 정말 우주를 날아오르는 것 같았어.

　그때였어. 어느 순간 하늘에서 빛이 떨어지기 시작했어. 빛이 순식간에 내 눈앞을 지났고 어떤 기운이 몸속으로 빨려 들어오는 것을 느꼈어. 몸이 부서질 듯 아찔했지. 얼마나 시간이 흘렀는지 모르겠어. 정신을 차리고 보니, 은표가 내 옆에 있었어. 나를 흔들며 괜찮냐고 물었어. 은표 말에 의하면, 은표가 도착했을 때 내가 쓰러져 있었다는 거야. 은표는 내게 왜 보자고 했느냐고 물었어. 그런데 기억이 나지 않았어. 내가 왜 은표를 만나자고 했는지. 잠시 멍한 상태로 있는데, 은표가 오랜만에 오니까 예전 생각이 난다면서 물속으로 들어갔어. 은표는 양팔을 뻗으며 수영을 했어.

알 수 없는 뜨거운 기운이 내게 몰려들었어. 눈을 감자, 온 세상이 어두웠어. 그리고 감은 눈 속에서 빛이 일었지. 눈을 뜨자, 은표가 도드라져 보였어. 양쪽 옆구리에 붙어 있는 지느러미가 보였던 거야. 마치 날개 같았어. 신기하게도 은표가 차렷 자세를 하면 부채처럼 지느러미가 접혀서 보이지 않았지."

도경은 숨을 고른 뒤 다시 말을 이었다.

"잘못 본 줄 알았어. 밤이니까. 어두웠으니까. 하지만 아니었어. 정말, 은표의 몸에는 지느러미가 달려 있었어. 나는 혼란스러워서 그대로 도망치듯 달아나 버렸어.

다음 날, 실내 수영장에서 은표를 다시 만났어. 은표는 내게 사람을 불러 놓고 말도 없이 가 버렸냐고 따지듯 물었고 나는 아무 말도 하지 못했어. 왜냐하면 은표 몸에는 여전히 지느러미가 붙어 있었거든. 특히 훈련을 할 때 그 존재는 무섭게 몸을 키우고 부풀렸어. 두려웠어. 이후 난 아프다는 핑계를 대고 훈련장에 가지 않았지. 방에 들어가서 나오지 않았어. 부모님의 걱정에 일주일 뒤 다시 훈련장에 갔을 때 은표 몸에 붙은 존재는 더 커져 있었어. 지느러미에는 뾰족한 뿔까지 돋아 있었지.

훈련할 때 은표를 신경 쓰느라 집중이 되지 않았어. 나는 계속 뒤처졌어. 은표만 기록이 좋아졌지. 엄마는 개인 훈련을 제안했고 아빠는 우리 형편에 그건 무리라고 했어. 엄마 아빠가 나로 인해 다투기 시작했지. 엄마는 주말에 알바를 하면 된다고 했지만 난 모든 게 구차해졌어. 결국 수영을 그만둔다고 말해 버렸어. 엄마 아빠는 내게 실망을 했고 이후 난 거의 혼자 지냈어. 집에만 있었어. 엄마 아빠는 매일 다투었고 집 안에는 큰소리가 오갔어. 엄마 아빠 싸움을 말리려 거실로 나갔는데 갑자기 강한 에너지가 내 안으로 훅 밀려들어 오는 거야. 눈을 감자 섬광이 번쩍였어. 눈을 뜨자 엄마 아빠 가슴에 붙어 있는 생경한 존재의 머리를 보았어. 모양은 식충 식물과 닮아 있었고, 날카로운 이빨이 서로를 향해 으르렁거렸지. 서로를 잡아먹을 듯 헐뜯고 있었어. 난 무서워서 아무 말도 못 하고, 방으로 들어와 버렸어. 방에서 한 발자국도 벗어날 수 없었어.

몇 번 은표에게 전화가 왔지만 받지 않았어. 이후 나에 대한 소문이 퍼졌어. 대정은 작은 도시라 모든 게 빨랐지. 소문 속의 나는 실패자였어. 그렇게 무기력한 일 년이 지나고 전학을 온 거야. 나를 아는 사람이 없는 곳으로."

"은표라는 아이는? 그 애는 네가 대정을 떠난 거 알아?"

"알고 있겠지. 여기 오기 전에 은표한테 몇 번 연락이 왔었어. 그런데 내가 피했어. 보고 싶지 않았거든. 은표도, 은표 몸에 붙어 있는 존재도."

"여기로 온 이유가 있어?"

"호수가 아름다운 도시라고 해서."

도경은 창밖으로 눈을 돌렸다. 반쯤 감긴 눈에서 아련함이 느껴졌다.

"한동안 옥탑방에 틀어박혀서 인터넷 검색만 했어. 내 눈에 보이는 존재들이 알고 싶어서. 유튜브 영상은 보지 않았어. 영상 속 사람들 몸에서 낯선 존재가 보일까 봐 겁이 났어. 그래서 도서관에 갔어. 도서관의 사람들은 책에만 시선을 두고 있으니까. 어느 날, 서가를 거닐다가 우연히 우주에 대한 책들이 꽂혀 있는 곳에서 멈췄어. 나는 현실에서 벗어나고 싶었어. 책 속 우주로 도피한 거야. 참 신기한 게…… 책은 무생물이잖아. 그런데 살아 있는 것 같아. 내게 말을 걸고 날 움직이게 해. 움직인다는 단어는 몸을 쓸 때만 쓰는 말인 줄 알았는데……. 그리고 너랑 수행 평가 준비를 하면서 조금씩 무언가가 선명해지는 것 같았어. 너에게 내 마음과 생각을 말하고 발표 자료를 만들면서 정리가 됐어. 특히 네가 고른 책 『괴물의 탄생』에서 도플갱어 이야기를 봤을 때, 네가 괴물들이 안타깝다고 했을 때. 어쩌면 그때부터였는지 몰라. 네가 궁금해진 건."

도경이 내 눈을 뚫어져라 보았다.

"넌 네가 보는 그것을 픽싱이라고 한다 했지. 내 눈에 너의 픽싱이 보였을 때 당황했어. 널 피해야 하는 건가. 한편 너와 내가 마음을 나누고 있다는 것을 알았어. 그리고 수행 평가 발표 날 점심시간에 바위에 앉아 있는 널 봤을 때, 네 몸의 돌들이 반짝이고 있었어. 마치 유성처럼. 돌은 무생물이지만, 살아 있는 존재 같았어.

처음이었어. 그 낯선 존재를 피하고 싶지 않았던 건. 난 네게 용기를 내고 움직여 보기로 한 거야."
 도경의 이야기를 믿을 수 없었다. 픽싱이 반짝일 수도 있다는 걸.
 "네가 픽싱을 볼 수 있게 된 게 유성 때문이라고 짐작한 이유는 뭐야?"
 "수영장에서 은표를 기다린 날, 대정은 떠들썩했거든. 모두 유성을 보겠다면서. 나중에 그 생각이 나서 기사를 검색해 봤는데, 유성이 떨어진 위치가 수영장 인근이었어."
 도경은 휴대폰을 검색해서, 그날의 기사를 내게 보여 주었다. 나는 글을 읽어 나갔다.
 "그럼 너는? 넌 언제 픽싱을 처음 봤어?"
 도경이 물었다.
 "열한 살 가을."
 "네가 본 픽싱은?"
 나는 수아와 그 이후의 사람들에 대해 이야기를 했다.
 "나도 마음을 나눈 사람들에게서 보인다는 걸 알았어. 그래서 누구에게도 내 마음을 주지 않으려고 노력 중이었고. 이게 내가 혼자인 이유야. 가끔은 나 혼자만 다른 세상에 살고 있다는 생각에 지독하게 외로웠지만 무심해지려고 했어. 두려움과 혼란스러움보다 외로움이 나았으니까. 그럼에도 픽싱을 보게 된 사람은 우리 아빠, 알바를 하고 있는 면 요릿집 사장님, 사장님 딸인 인희 언니. 그리고 중학생 때 친구 다미."

"모두 어떤 모습인지 얘기해 줄 수 있어?"

"중학생 때 친구 다미의 픽싱은 신기한 무늬의 오드 아이 고양이야. 면 요릿집 사장님은 겉으로 드러나지 않고 불룩 나온 배가 출렁였고, 인회 언니 가슴에서는 식물 줄기가 나왔는데 사장님의 배와 이어져 있었어. 우리 아빠는 젤리 픽싱. 아빠 몸은 투명하게 지워지고 있어."

도경은 깊은숨을 몰아쉬었다.

"혹시 너도 유성이 떨어진 걸 본 적 있어?"

"아니."

도경과 나는 생각에 잠겼다.

"혹시 네가 기억 못 하는 건 아닐까?"

도경의 말에 이팝나무 숲 앞에서 느닷없이 다가왔던 기억이 떠올랐다. 그때보다 더 선명해진 장면이 눈앞에 펼쳐졌다. 환한 빛이 호숫가로 떨어지고 있었다. 그때 나는 호숫가에 발을 담그고 있었으며 홀린 듯 그 빛을 온몸으로 받아 냈다. 나는 그 이야기를 도경에게 전했다.

"이상해. 나도 너와 이야기를 나누면서 그 장면이 떠올랐어. 뭐지? 이 장면은."

"일기장! 너희 아빠가 쓴 일기장에 힌트가 있지 않을까?"

도경의 말에 탁자 위에 쌓여 있는 아빠의 노트로 눈을 돌렸다.

"그러니까…… 그때가 육 년 전이야."

도경과 나는 각자 노트를 펼쳐 살폈다. 일기에는 연도와 날짜가 쓰여 있었기에 한 권씩 날짜를 확인했다. 육 년 전 일기장을 읽어 나가며 한 장 한 장 살피는데 7월 7일에 나를 잃어버린 내용이 있었다. 늦은 저녁이 되어도 내가 집에 오지 않아 아빠는 사방으로 연락을 해 보았지만 누구도 내가 어디에 있는지 몰랐다고 쓰여 있었다. 나를 찾아 헤매던 아빠가 마지막으로 떠올린 곳은 호수마을이었다.

파란 대문 집은 자물쇠로 잠겨 있어서 호숫가로 가 보았다고 했다. 그곳에서 쓰러져 있는 나를 발견했다. 아빠는 나를 업고 병원 응급실로 향했고 다행히 다친 곳은 없었다고 했다. 병원에서 수액을 맞고 있는 중에 깨어났고 아빠는 내게 왜 호숫가에 있었는지 물었는데, 나는 그저 호숫가에 놀러 갔던 것뿐이라고 말했다고 쓰여 있었다. 언제 무슨 이유로 정신을 잃은 것인지는 알지 못했다는 내용과 함께.

도경은 육 년 전 7월 7일에 유성이 떨어졌는지 확인하고자 기사를 검색했다.

"유성이 떨어졌어! 호수마을 인근으로!"

도경은 기사가 떠 있는 휴대폰 화면을 내게 보여 주었다. 그 순간 번득이는 것이 있었다.

"유성과 물!"

도경이 눈을 동그랗게 떴다.

"수영장과 호수?"

나는 고개를 끄덕였다. 도경이 말문을 열었다.

"유성은 별이야. 수백 년 전, 아니 그보다 더 이전에 만들어졌을지도 모를 별의 조각. 너와 나의 몸속에 별의 숨결이 들어온 걸까? 물과 만나 알 수 없는 힘이 발현된 걸까?"

"우리가 보는 픽싱들은 작은 우주인 사람의 마음에서 생성된 또 다른 별, 생명체인 걸까. 그건 감정이 만들어 낸 생명체일까. 감정이 연결 고리일까?"

도경의 표정이 밝아졌다.

"그런데 도경아, 궁금한 게 있어."

"뭔데?"

"네가 보는 픽싱을 나도 볼 수 있을까? 내가 보는 픽싱을 너도 볼 수 있을까?"

"글쎄."

"또……."

"……."

"너의 픽싱은 왜…… 보이지 않는 걸까?"

도경은 편안한 눈길로 나를 응시했다.

"사실 너랑 발표 준비를 하면서 처음으로 타인의 픽싱이 궁금해졌어. 난 너의 픽싱을 보기 위해 노력했어. 그런데 아무것도 보이지 않았어. 네가 나에게 관심이 없어서인 줄 알았는데 그게 아니었잖아. 넌 나의 픽싱을 보았으니까."

"모든 사람에게 픽싱이 있는 건 아니지 않을까?"

"그럼 있는 사람과 없는 사람의 차이는?"

"글쎄."

도경의 표정이 진지해졌다.

"은표도 보이지 않았어."

"무슨 말이야?"

"지난 5월에 여름옷을 가지러 대정 집에 갔을 때, 실외 수영장이 궁금해서 공원에 갔었거든. 문이 잠겨 있었어. 여름이 아니라서 개장을 안 한 거지. 그냥 돌아오려는데 은표가 생각났어. 하지만 연락해 볼 용기가 나지 않았어. 멀리서라도 은표를 보려고 체육관 앞에서 기다렸어. 두려웠지만 한편으로는 궁금했으니까. 한참이 지나서야 훈련을 마친 아이들이 체육관에서 나왔는데, 그 속에 은표가 있었어. 그런데 보이지 않았어."

"지느러미가 없었다고?"

도경은 고개를 끄덕였다.

"사라진 건가?"

도경의 얼굴에 그늘이 졌다. 그 얼굴에서 도경의 생각을 엿볼 수 있었다.

"왜? 다른 이유가 있는 것 같아?"

"그건 잘 모르겠지만 확실한 건, 그날 혼자 있는 은표는 예전보다 어둡고 불안해 보였어."

✱

    도경을 마을버스 정류장까지 배웅하기 위해 함께 길었다. 풀지 못한 의문점들을 그대로 남겨 둔 채. 늘 걷던 길이었다. 새로울 것이 없는 길. 그런데 도경과 함께였기 때문일까. 이 길이 달리 느껴졌다. 든든했다. 오래전 아빠와 걷던 날들처럼.
    곧 1번 마을버스가 도착했다. 차에 오른 도경은 맨 뒷자리에 앉았다. 버스가 출발하기 전까지 내게 손을 흔들어 주었다.

    도경을 보내고 집에 돌아와서 가장 먼저 거울을 들여다봤다. 나의 몸에 붙어 있다는 돌을 상상하며. 그러자 그동안 내가 느꼈던 감정이 떠올랐다. 무겁고 단단하고 어두웠던 불안감도. 테이블 위에 쌓여 있는 아빠의 일기장들이 거울에 비쳤다.
    소파에 앉아 아빠의 일기장을 펼쳤다. 하지만 읽을 수는 없어 도로 덮었다. 일기는 아빠만의 기록이니까. 나는 책들에 시선을 돌렸다. 조심조심 책장을 넘겼다. 중간에서 밑줄 친 문장을 발견했다.

진정한 여행이란 새로운 풍경을 보는 것이 아니라 다른 이의 눈을 갖는 것이다. _마르셀 프루스트

'다른 이의 눈.'

아빠는 언제부터 이런 문장을 마음속에 간직했던 걸까. 이 책이 출간된 건 삼십 년 전이었다. 이 책을 읽을 당시 아빠는 나와 비슷한 나이의 학생이었다.

돌이켜 보면 아빠는 선하고 부드러운 눈으로 나를 바라봐 주었다. 그 눈빛 속에서 읽은 것은 믿음이었다. 믿음의 눈빛이 사라진 건, 친구로부터 배신을 당한 뒤부터였다. 아빠 얼굴에는 근심과 걱정이 쌓여 갔다. 알면서도 외면했다. 아빠가 찾고 있는 건 무엇일까. 사기를 친 아저씨일까. 아니면 배신당한 아빠의 믿음일까. 아빠의 픽싱인 젤리. 투명해지는 몸. 두렵기만 했던 픽싱에게 이상하게 마음이 갔다. 바람이 불어왔고, 나는 바람의 인도를 받아 호숫가로 향했다.

밤의 호수는 검은색을 띠고 있었다. 호수 건너 신도시의 화려한 불빛들이 물에 번져 화려하게 일렁였다. 주변에서 돌을 찾았다. 내 몸에 붙어 있는 돌을 확인하려는 듯이. 물빛이 닿은 돌이 반짝였다. 나는 돌을 쉴 새 없이 물속에 던졌다. 첨벙, 첨벙. 물의 소리가 가득했다. 내 안에 꾹꾹 눌러 두었던 알 수 없는 분노가 피어올

랐다. 불같이 뜨겁고 격렬한, 살아 있는 무언가가. 나는 그것들을 외부로 쏟아 내듯 소리를 질렀다. 돌을 던지며. 팔이 아팠다. 떨어져 나갈 정도로 고통스러웠다. 하지만 멈출 수가 없었다. 멈춰지지가 않았다.

 온몸에 땀이 흥건했다. 이마에, 등에, 목덜미에. 지친 나는 그 자리에 풀썩 주저앉았다. 바닥에 누워 숨을 몰아쉬었다. 눈을 감았다. 덮인 눈꺼풀 틈으로 눈물이 흘러내렸다. 그렇게 얼마나 누워 있었는지 모르겠다. 눈을 뜨자 촉촉한 눈시울 틈으로 검푸른 하늘이 눈에 들어왔다. 별이 하나둘 보이기 시작했다. 나의 우주에 떨어진 작고 외로운 유성. 어쩌면 모두에게는 각자의 유성이 있는지도 모른다. 아빠와 다미, 사장님과 인회 언니, 도경에게도. 아빠의 우주는 어떠할까. 그곳에는 어떤 별이 머물러 있을까.

 그 순간 수아가 전학을 간 날이 생각났다. 하루 종일 수아 등에 붙어 있던 검은 손이 떠올랐다. 그 손은 무엇을 잡고 싶었길래 끊임없이 움직였던 걸까. 그 손은 자신을 잡아 줄 누군가의 손이 필요했던 걸까.

 그날 방에서 울적해하던 내게, 아빠가 다가와 물었다.

 "우리 수온이, 힘든 일 있어?"

 나는 아빠 품에 안겼다. 내가 의지할 사람, 나를 믿어 주는 사람은 아빠가 유일했으니까. 아빠에게 털어놓았다. 수아네 집에서 무엇을 하며 놀았는지, 그리고 수아의 몸에서 보았던 손을. 그날 아빠가 말했다.

"그건 너의 특별함일지 몰라. 다시 한번 그런 일이 생긴다면 아빠를 찾아. 혼자서 무서워하지 말고."

어째서 잊고 있었을까. 주머니에서 휴대폰을 꺼내 아빠 번호를 찾았다. 메시지 함을 열고 멍하니 내려다보았다. 안부를 전할까. 쉽사리 용기가 나지 않았다.

내게 다가와 준 도경을 생각했다. 나의 픽싱을 외면하지 않고 보아 준 도경을. 몸속 깊은 곳, 마음의 우주 어딘가에 있을지도 모를 반짝이는 힘을 힘껏 끌어모았다.

빛이 일렁이는 호수의 사진을 찍어 아빠에게 보냈다. 아빠가 이곳을 기억하기를 바라면서.

다미를 생각했다. 다미는 어떻게 지내고 있을까. 방학에도 새벽에 일어나 공부를 하고 학원에 갔다가 밤늦게 집으로 돌아올까. 금요일이 되면 하얀 원피스를 입고 부캐 클럽에 갈까. 타이거 워리어 옷은 내게 있는데. 다미 어깨 위의 고양이는 다미의 마음속의 연약한 생명체일까. 다미의 번호를 불러들였다.

―다미야, 잘 지내? 그날 이후 처음이지. 혹시 힘든 일이 있을 때, 누군가 필요할 때 네 옆에 내가 있다는 걸 잊지 마.

잠시 뒤 새로운 메시지가 도착했다.

―고맙다, 수온아.

아빠가 보낸 메시지였다. 눈시울이 젖어 들었다.

다시 찾은 기회

메시지 알림음에 눈꺼풀을 밀어 올렸다. 손을 더듬어 머리맡에 있는 휴대폰을 집었다. 새 메시지가 도착했다. 메시지 함을 열자 나의 민트색 자전거 사진이 떠 있었다. 또 한 장의 사진 속에는 사장님과 인회 언니가 산 정상에 앉아 있었다. 둘 다 가벼운 등산복 차림이었다. 사진 속에서도 사장님의 배와 인회 언니의 가슴이 식물 줄기로 연결되어 있었다. 그러고 보니 면 요릿집이 문을 닫은 지 일주일 가까이 지났다. 다시 휴대폰 화면으로 눈길을 내렸다. 사진 아래의 긴 메시지로.

―수온아, 안녕? 그동안 잘 지냈니? 갑자기 문자를 보내서 놀랐지? 아빠 통해 네 번호를 알았어. 자전거는 잘 보관하고 있으니 걱정 마. :)

오늘 집에 왔어. 아빠랑 오대산에 다녀왔거든. 처음에는 산에 오르는 걸 심드렁해하더니 정상 위에서는 가장 먼저 야호를 외치더라고. 아빠 얼굴이 얼마나 해맑던지. 가게를 정리하다가 네가 두고 간 자전거를 보니까 네 생각이 나서. 내일 가게에서 보자.

다음 날, 면 요릿집 풍경이 달라져 있었다. 아무렇게 놓여 있던 화분들이 크기별로 정리되어 있었고 꽃들도 정갈한 모습이었다.
무엇보다 한쪽에 놓여 있는 나의 민트색 자전거는 이 풍경과 너무나 잘 어울렸다. 오랜만에 자전거를 보니 정겨운 친구를 만난 것처럼 반가웠다. 자전거의 안장을 쓰다듬는데 휴대폰에서 메시지 알림음이 울렸다.

―오후 6시 비빔국수 두 그릇 부탁.

어제 도경에게 오늘부터 면 요릿집이 문을 연다고 알려 주었는데 이렇게나 빨리 주문을 할 줄은 몰랐다.

―왜 두 개야?

바로 답 메시지를 보냈다.

―너랑 같이 먹으려고.

—고맙다. 저녁에 보자.

도경에게서 웃는 곰 모양의 이모티콘이 도착했다.

문을 열고 가게 안으로 들어서자 세계 지도를 보고 있는 인회 언니가 가장 먼저 눈에 들어왔다.
"저 왔어요."
인회 언니가 몸을 돌렸다.
"수온이 왔네."
주방에서 사장님이 나와 인회 언니 옆에 섰다. 사장님 배와 언니 가슴에 이어진 식물 줄기가 달라졌다. 병원에서와 달리 생기가 느껴진다고나 할까. 사장님 배는 고요했다. 표정도 한결 편안해 보였다.
"수온이, 덥지?"
사장님은 냉장고에서 사이다 세 개를 꺼내 탁자 위에 놓았다. 인회 언니가 탄산음료는 안 된다며 사이다 하나를 들고 후닥닥 냉장고 앞으로 뛰어갔다. 사이다와 이온음료를 바꾸더니 사장님에게는 탄산음료 금지라며 이온음료를 드렸다. 사장님은 어색하게 웃으며 음료를 마셨다. 그리고 앞치마 주머니에서 작은 상자를 꺼내 내게 주었다.
"선물이다."

상자 뚜껑을 열자 네잎클로버 키 링이 있었다. 인회 언니는 산에 오르며 발견한 네잎클로버를 보자마자 내 생각이 났다고 했다. 네잎클로버를 말려서 키 링을 만들었다고 했다. 내가 누군가에게 행운 같은 존재라니. 생각지 못한 선물에 고맙다고 인사했다.

"자, 일 시작하자."

사장님은 주방 안으로 들어갔다. 인회 언니와 나는 김치와 깍두기를 용기에 담고 랩을 씌웠다. 궁금했다. 사장님과 인회 언니의 여행이 어땠는지. 나의 물음에 인회 언니는 웃으며 이야기를 들려주었다.

"산나물비빔밥이랑 부침개도 먹고. 그런데 가장 좋았던 건 아빠랑 나눈 솔직한 이야기였어."

"솔직한 이야기요? 그런 건 어떻게 나누는 거예요?"

랩을 씌우던 인회 언니의 손이 멈추었다. 언니는 내 얼굴을 가만히 들여다보았다. 잠시 뒤, 인회 언니는 영국과 한국이 연결된 세계 지도를 보며 말을 이어 나갔다.

"처음 영국에 가서 얼마나 설레고 좋았는지 몰라. 공부도 열심히 했어. 내가 선택한 거니까. 그런데 시간이 지날수록 외롭고 힘들더라. 보이지 않는 차별과 외로움에 잠을 못 이뤘고. 그러다 한국 유학생 커뮤니티를 알게 되었고 그들과 어울리면서 조금씩 활기를 되찾았는데⋯⋯ 그 사회에서 살아남는 데 필요한 게 뭐였는지 아니?"

나는 고개를 가로저었다.

"돈이었어. 아이들은 아무렇지 않게 쇼핑을 하고 여행도 다녔어. 나도 그 애들과 함께 어울리고 싶어서 아빠한테 돈을 부탁했고. 아빠는 늘 별말 없이 보내 주었어. 그런데 시간이 지날수록 점점 더 많은 돈이 필요해진 거야. 그 애들의 형편은 내가 예상한 것보다 넉넉했거든. 아르바이트라도 해 볼까 했는데 그러면 그 애들과 멀어지겠더라고. 그땐 그게 너무 싫어서 아빠한테 부탁을 했는데, 어느 날부터 아빠가 돈을 좀 아껴 썼으면 좋겠다고 말하는 거야. 그 말이 이해되면서도 한편으로는 서운했어. 나는 여러 핑계를 대며 아이들과 서서히 관계를 정리했어. 하나둘 자연스럽게 멀어지고 어느 순간 혼자 남았어. 다시 찾아온 외로움에 한국에 오고 싶었지만 아빠가 그냥 영국에 있으면 안 되겠냐고 했어. 가끔 아빠와 통화를 할 때 서둘러 전화를 끊는 게 아무래도 이상해서 부주방장 아주머니한테 연락을 해 가게 사정을 물어보았는데, 오래전에 가게를 그만둬서 정확한 사정을 모른다고 하셨지. 더는 참을 수 없어서 아르바이트를 해서 비행기표 값을 벌고 무작정 한국에 왔어. 그리고 알았어. 아빠가 한국에 오지 말라 한 건 오가는 비행기표 값 때문이었다는 걸. 가게가 힘들다는 걸. 아빠 혼자서 일을 하고 있었다는 걸. 아빠가 나 때문에 일상을 포기하고 살아왔다는 걸. 유학을 선택한 것이 과연 옳았던 걸까. 회의감에 너무 힘들었어······. 아빠가 퇴원하고 오랜만에 집에 갔는데,

내 방이 유학 가기 전 그대로였어. 다시 스무 살로 돌아간 것 같았지. 산에 가서 낯선 식물을 발견하고 사진을 찍고 식물에 대해 찾아보던 그때로. 내가 정말 소중하게 여겼던 것들을 잊고 있었다는 걸 알았어. 아빠랑 산 정상에서 그런 이야기를 나누었어. 그래서 결심했어."

"어떤 결심이요?"

"진짜 독립을 하려고."

진짜 독립이 무엇인지 알고 싶었다. 진짜 독립이 있다면 가짜 독립도 있다는 뜻일 테니까.

"진짜 독립이랑 가짜 독립은 어떻게 다른데요?"

"나는 그동안 가짜 독립을 했던 거야. 몸만 떨어져 있었을 뿐, 정신적으로도 물질적으로도 분리되지 못한 거지. 이번에 그걸 확실히 알았어. 나도 아빠도."

"그래서 어떻게 하기로 했는데요?"

"마지막 학기를 마치고 한국에 돌아오면 더는 아빠에게 물질적인 지원을 받지 않을 생각이야. 내가 쓸 돈은 어떻게 해서든 스스로 벌려고. 그리고 아빠도 내게서 벗어나서, 아빠 인생에 대해 진지하게 생각해 보기로 했어. 그게 시작인 것 같아. 독립의 시작."

주문 전화벨이 울렸다. 인회 언니가 전화를 받는 동안 '독립의 시작'이라는 말을 되뇌었다. 인회 언니의 가슴에서 자란 식물 줄기를 지켜보며. 식물 줄기에서 생기가 느껴진 건 인회 언니 마음의 우주가 달라졌기 때문일까.

그때였다. 강한 에너지가 내게 다가온 것은. 시간과 공간이 휘어지는 듯한 기분. 눈을 감자 어둠 속에서 강한 빛이 일렁이다 두 눈이 뜨거워졌다. 열기가 식은 눈꺼풀을 서서히 밀어 올린 뒤, 인회 언니와 사장님을 보았다. 사장님의 배꼽에 붙어 있던 식물 줄기가 똑 떨어지더니 서서히 줄어들기 시작했다. 팽팽하게 당겨졌던 스프링이 자기 자리를 찾아 가듯. 줄어든 식물 줄기는 인회 언니의 가슴속으로 파고들었다. 사장님과 인회 언니의 픽싱이 분리된 것이다. 예상치 못한 장면에 눈앞이 아득해지면서 독립이라는 단어가 스쳤다. 독립은 스스로 서는 것이다. 스스로 나아가는 것이다.

세계 지도를 똑바로 보았다. 인회 언니 가슴에서 식물 줄기가 돋아난 이유를 알 것 같았다. 식물은 언니의 꿈이었다. 사장님은 언니의 꿈을 품고 있었던 것이다. 그 꿈의 연결은, 서로에게 짐이 되었던 것일까. 그래서 사장님 뱃속의 움직임이 불안했던 것일까. 분명한 건 픽싱이 사장님과 인회 언니의 몸속으로 들어갔다는 것이다. 사라진 것이 아니다.

주머니에서 돌을 꺼냈다. 부드러운 돌을 손안에 쥐고는 거울 앞으로 다가섰다. 아무리 들여다봐도 나의 몸에 붙어 있는 돌은 보이지 않았다. 하지만 분명 존재한다. 어째서 나의 픽싱은 볼 수 없는 걸까. 보이지 않는 걸까.

마음의 확장

 평상에 앉아 있는 도경이 나를 쳐다봤다. 도경은 나의 픽싱을 보고 있다. 이제 눈빛만으로도 도경의 마음이 느껴졌다. 도경에게 다가갔다.
 "주문한 국수 도착이야."
 우리는 평상에 마주 앉았다. 랩을 벗기며 도경에게 사장님과 인회 언니의 이야기를 전해 주었다. 각자의 몸속으로 들어간 픽싱에 대해. 도경은 젓가락을 내려놓고 나의 이야기에 집중했다.
 "인회 언니와 사장님은 솔직한 마음을 나누었다고 했어. 언니는 진짜 독립을 할 거라고 했어. 이후에 픽싱이 각자의 몸속으로 스며들었고."
 "픽싱은 사라진 게 아니라 여전히 몸속에 살아 있는 거네."
 나는 고개를 끄덕였다. 도경의 표정은 미묘하게 달라졌다. 그때, 번뜩하고 떠오르는 게 있었다.

"마음이라는 공간이 확장된 걸까. 마음이 우주처럼 확장되어서 픽싱들이 확장된 세계 속으로 들어간 걸까. 무언가 밖으로 돌출된 건 세계가, 마음이 비좁았기 때문일까."

"네 이야기, 일리가 있는 것 같아……."

불투명했던 것들이 조금씩 선명해져 가고 있었다. 그런데도 도경의 표정은 여전히 굳어 있었다. 이유를 알 것 같았다.

"넌 은표를 정말 많이 좋아하나 보다."

"왜?"

"지금도 걱정하고 있잖아."

"어떻게 알았어?"

"그냥, 느껴졌어. 은표의 픽싱도 몸속으로 스며들었을까?"

도경은 쉽사리 대답을 하지 못했다. 걸리는 게 있는 듯했다. 나도 아빠와 다미의 픽싱을 생각했다. 어떻게 하면 그 픽싱들도 몸속으로 들어갈 수 있을까. 내 몸에 붙어 있는 돌도. 그러기 위해서는 내 안의 우주를 확장해야 하나. 분명한 건, 나의 의지가 중요하다. 인회 언니와 사장님이 그 실마리를 풀어 주었다. 답답했던 마음 한편이 조금은 후련해졌다.

3부 (우리의 우주

다미

인회 언니는 내일 영국으로 돌아간다. 일주일 동안 사장님과 인회 언니의 몸을 살폈다. 픽싱이 다시 나타날지 모른다는 생각에. 하지만 그런 일은 일어나지 않았다.

선풍기 바람을 쐬며 사장님이 타 준 아이스커피를 마셨다. 주문 전화를 기다리면서. 잠시 뒤, 전화벨이 울렸다. 인회 언니가 전화를 받았다.

"네, 조이아파트 103동 2104호요."

인회 언니는 메모지에 주소를 적으며 계좌 번호를 말해 주었다.

"입금 부탁드려요. 확인되면 배달해 드릴게요."

주소를 듣는 순간 정신이 번쩍 들었다. 다미네 집이었다. 인회 언니는 전화를 끊고는 사장님에게 간장비빔국수 한 그릇 배달이 있다고 말했다. 나는 인회 언니에게 확인을 했다.

"언니, 주문 전화요, 목소리가 어땠어요? 어른이었어요? 아니면……."

"목소리가 어렸는데."

그렇다면 다미가 주문한 걸까. 지난번 다미에게 보낸 문자를 떠올리며 휴대폰을 살폈다. 그동안 다미에게 온 문자도, 부재중 전화도 없었다. 다미는 어째서 내게 직접 전화를 걸지 않고 음식을 시킨 걸까. 아무튼, 배달 준비를 서둘렀다.

인회 언니가 그릇에 랩을 씌우는 동안 밑반찬들을 포장했다.

"다녀오겠습니다."

밖으로 나와 자전거 페달을 밟아 달렸다.

조이아파트 103동 현관으로 가 헬멧을 벗고 벨을 눌렀다. 다미가 나를 볼 수 있도록. 문이 열렸다. 엘리베이터에 올라타 21층을 눌렀다. 숫자가 빠르게 상승했다. 엘리베이터가 열리자마자 현관문이 열렸다. 문틈으로 다미 얼굴이 나타났다. 다미 어깨 위에 있는 고양이를 확인했다. 고양이 픽싱은 축 처져 간신히 어깨에 걸쳐 있었다. 고양이의 감정이 고스란히 내게 다가왔다. 나는 불안한 마음으로 다미를 보았다.

"기다리고 있었어."

"일부러 시킨 거구나."

"맞아."

"……"

"그날은 미안했어. 그리고…… 고마웠어."

"뭐가?"

"네가 보낸 문자."

"……"

"들어올래?"

다미는 현관문을 활짝 열었고 나는 몸을 안쪽으로 집어넣었다. 집 안에서는 인기척이 느껴지지 않았다. 이 년 전과 달라진 게 없었다. 그런데도 묵직한 답답함이 느껴졌다. 포장된 음식 봉투를 다미 앞으로 내밀었다. 다미는 봉지를 식탁 위에 올려놓았다. 우리는 식탁 의자에 마주 앉았다.

"엄마는 없어. 그래서 널 부를 수 있었어. 네 번호로 전화를 걸면 안 되거든."

"무슨 말이야? 감시라도 받고 있는 거야?"

다미는 아무 말이 없었다.

"진짜야?"

"감시라기보다는, 엄마가 너랑 연락하는 걸, 그리고 내 마음대로 행동하는 걸 싫어해."

"넌 어린애가 아니잖아."

"알아. 하지만…… 엄마 말을 거부하기가 어려워."

다미와 이야기하는 내내 답답함이 가시지 않았다.

그때였다. 안방 쪽에서 어떤 기운이 느껴진 건. 무거운 공기의 근원지는 그곳이었다. 나는 닫혀 있는 안방 문을 주시했다.

"왜 그래?"

다미가 물었다.

"아냐, 아무것도."

다시 다미에게 집중하려는데 이 년 전 다미 방에서 잠을 자던 날 새벽, 안방 문틈으로 보았던 주황색과 검은색의 줄무늬 꼬리가 떠올랐다. 어둠이 남아 있는 새벽녘이었기에 잘못 본 것이라 여기며 무심히 넘겼다. 하지만 지금은 그때의 내가 아니다. 나는 달라졌다. 일어나 안방 쪽으로 다가갔다.

"수온아, 왜 그래?"

다미 목소리가 나를 막아섰지만 멈출 수 없었다. 안방 문 앞에 서서 손잡이를 내려 문을 열었다. 창문이 암막 커튼으로 가려져 있어 방이 어두웠다. 침대 위에서 환한 두 개의 불빛이 나를 응시하고 있었다. 빛은 맹금류의 눈처럼 날카로웠다. 이어서 형태가 보이기 시작했다. 주황색과 검은색이 섞인 거대한 몸, 날카로운 발톱을 숨긴 네 개의 다리, 긴 꼬리. 그 존재는 호랑이였다. 호랑이의 두 눈은 살벌하게 반짝였다. 금방이라도 입을 벌리고 포효를 하며 달려들 것처럼. 나는 놀라 문을 닫아 버렸다.

"수온아."

어느새 다미가 다가와 내 앞에 바투 서 있었다. 가슴이 두근거려 견딜 수가 없었다. 가슴을 움켜쥔 채, 숨을 몰아쉬었다.

"수온아, 괜찮아?"

다미가 떨리는 목소리로 물었다. 다미의 어깨 위에서 늘어져 있는 어린 고양이를 쓰다듬었다. 고양이의 몸이 차가웠다. 서늘한 기운이 가슴속으로 밀려들더니 마음이 시리듯 아팠다. 이내 슬픔이 고여 들었다. 지금 내가 느끼는 이 감정이 다미의 마음인 걸까? 다미는 알 수 없는 눈으로 나를 보고만 있었다.

현관문 열리는 소리가 들렸다. 다미가 깜짝 놀라 문 쪽으로 고개를 돌렸다. 중문이 열리며 아주머니가 나타났다. 하늘빛 원피스를 입은 아주머니가 커진 동공으로 나와 다미를 번갈아 보았다.

"수온이 네가, 어쩐 일이니?"

아주머니는 식탁 위에 덩그러니 놓인 음식을 보았다.

"저건…… 뭐고?"

아주머니가 다미에게 물었다.

"엄마가 점심을 시켜 먹으라고 해서."

"그래서 수온이 알바하는 데서 시킨 거니?"

아주머니 목소리는 날카로웠다. 한 번도 들어 본 적 없는 목소리였다. 아주머니와 눈이 마주쳤다. 아주머니는 무안한 듯 목소리를 가다듬었다.

"집에서 가까운 데도 있는데."

아주머니 말투에서 불편한 심기가 느껴졌다. 나는 아주머니의 눈을 계속 주시했다. 조금 전 호랑이에게서 본 눈빛이 떠올랐다. 아주머니는 단숨에 표정을 바꾸었다.

"수온인 잘 지내고 있지?"

아주머니의 다정한 말투에도 내 머릿속에는 호랑이의 날 선 눈빛만이 가득했다. 이 상황이 두렵고 혼란스러웠다. 당장이라도 벗어나고 싶었다. 하지만 다미를, 아기 고양이를 외면할 수 없었다.

"잠깐 다미랑 얘기하고 가도 돼요?"

용기를 내 말을 전했다.

"일하는 중 같은데…… 바쁘지 않니?"

"이게 마지막 배달이에요."

일단 둘러댔다.

"그래?"

다미에게 눈을 돌렸다.

"다미야, 방에서 얘기해도 될까?"

"으응."

대답을 듣자마자 다미의 손을 잡았다. 긴 복도를 걸어 다미 방으로 들어왔다.

다미 방은 달라졌다. 성인 두 명이 들어갈 수 있을 정도의 커다란 옷장과 화장대가 새로 생겼고, 책상과 침대도 바뀌었다. 다미와 나는 침대에 나란히 걸터앉았다.

"다미야, 널 힘들게 하는 게 뭐야?"

다미 동공이 불안한 듯 흔들렸다.

"솔직한 네 마음을 알고 싶어."

"사실은……."

다미가 드디어 입을 열었다.

"난 이제 부캐 클럽에 못 가. 그 대신 과외 수업이 더 늘었어. 엄마는 내가 엄마를 속였기 때문이라고 했어. 엄마가 요즘따라 더 예민해진 것 같아. 외할머니가 편찮아지면서 거의 매일 할머니 집에 다니시는데, 할머니를 만나고 오면 방에 들어가서 나오지 않아. 뭔가 달라진 것 같은데 그게 뭔지 모르겠어."

할머니. 타이거 워리어 옷을 받은 날, 아주머니가 다미에게 한 말이 기억났다. 다시 다미의 이야기에 귀를 기울였다.

"답답하던 차에 네게 메시지를 받은 거야. 솔직히 망설였어. 그날 일로 너랑은 진짜 끝이라고 생각했거든. 그런데 힘들 때 연락하라는 네 메시지가…… 내게는 동아줄 같았어. 널 만나고 싶어서 음식을 배달시킨 거야."

"잘했어, 다미야."

나는 다미 손을 꼭 잡았다.

"그런데 수온아, 아까 왜 엄마 방문을 연 거야? 왜 놀라서 문을 닫은 거야?"

"그건······."

다미에게 말하고 싶었다. 다미의 픽싱과 다미 엄마 방에 있는 호랑이에 대해.

노크 소리가 들려왔다. 다미는 잡고 있던 내 손을 놓았다. 방문이 열리고 아주머니가 들어왔다.

"다미야, 국수 불겠다. 얼른 먹고 학원 가야지."

"네."

다미는 아주머니의 마법에 걸리기라도 한 것처럼 자리에서 일어났다.

"수온인 그만 가야 할 것 같은데?"

나는 이쯤에서 물러서기로 했다. 다미를 보며 곧 연락하겠다는 말을 눈빛으로 보냈다.

엘리베이터를 타고 내려오는 내내 마음이 편치 않았다. 아파트 단지를 빠져나온 뒤 자전거를 멈춰 세웠다. 가장 중요한 것을 두고 온 것처럼 불편했다. 왼손으로 오른손을 매만졌다. 다미 어깨 위의 고양이를 쓰다듬었을 때의 애틋함이 고스란히 남아 있었다. 호랑이를 생각했다. 안방에 있던 호랑이. 그 호랑이는 과연 무엇일까. 분명한 것은 이 년 전에도 아주머니 방에 있었다는 것이다. 아주머니와 닮은 눈빛. 나의 눈에 보였으니 픽싱이 분명한데 어째서 아주머니 몸에 붙어 있지 않고 분리된 걸까. 이 사실과 답답함을 공유할 사람은 도경뿐이었다. 바로 도경에게 전화를 걸었다.
"어, 수온아."
"할 얘기가 있어. 중요한 얘기야. 알바 끝나고 옥탑으로 가도 되니?"
"응, 기다릴게."

도플갱어

옥탑에 이르자 평상에 앉아 있는 도경이 날 바라봤다. 나는 도경 옆에 앉았다.

"무슨 얘긴데?"

"지난번에 우리 집에 왔을 때 얘기했던 내 친구 다미 기억해?"

"어깨 위에 아기 고양이 픽싱이 있다는? 부캐 클럽에도 가고."

"맞아."

다미에 대한 이야기를 처음부터 털어놓았다. 오해로 인해 갖게 된 타이거 워리어 옷과 다미에게 보낸 문자와 다미가 주문한 국수, 이 년 전에 아주머니 방에서 본 호랑이, 지금도 방을 차지하고 있는 호랑이에 대해. 도경은 나의 이야기를 집중하며 들었다.

"도경아, 픽싱이 몸에서 분리되기도 해? 그런 경우를 본 적 있어?"

"아니."

도경은 손으로 오른쪽 관자놀이를 꾹꾹 누르며 다시 말을 이었다.

"정리를 해 보자."

도경은 휴대폰 메모장을 열고 글을 써 나갔다.

픽싱은 마음에서 생성된 생명체이다.
픽싱은 본체의 마음이 좁으면 몸 밖으로 돌출이 된다.
본체 마음의 공간이 넓어지면 픽싱은 본체의 몸속에 들어간다.

가설
몸에서 분리되는 픽싱이 있다.
픽싱이 몸에서 분리되면 본체의 몸에서는 보이지 않는다.

"몸속에 스며드는 것은 본체의 마음 공간이 넓어서야. 그럼 몸에서 분리되는 이유는?"

도경이 물었다.

"분리가 될 정도로 독립적인 힘이 생겨서, 바꿔 말하면 그만큼 본체가 약하다는 뜻 아닐까?"

나의 말에 도경이 다시 입을 열었다.

"그럼 분리된 픽싱은 더는 픽싱이 아니야. 무엇이라 불러야 하지?"

우리는 각자 생각에 잠겼다.

"도플갱어."

나의 읊조림에 도경의 눈빛이 달라졌다.

"아무래도 대정에 가 봐야겠어."

도경이 미간을 좁히며 심각한 얼굴로 말했다.

"대정에는 왜?"

"은표를 만나야겠어."

"……."

"그날 은표 몸에서 픽싱을 보지 못한 이유를 알고 싶어. 은표 몸에서 느껴진 기운이…… 계속 걸려."

"같이 갈까?"

"같이?"

나는 고개를 끄덕였다.

"그래 주면 고맙지."

우리는 내가 아르바이트를 쉬는 월요일에 대정에 가 보기로 약속을 잡았다.

대정으로

오후 3시에 대정터미널에 도착했다. 도경은 은표에게 전화를 걸었다. 몇 번을 걸어도 은표는 묵묵부답이었다. 도경은 마지막이라고 생각하고 번호를 눌렀다. 그 순간 도경의 표정이 밝아졌다.

"은표야, 나 도경이야."

그 말과 동시에 도경의 침묵이 이어졌다. 도경은 은표의 이야기를 듣고 있는 모양이었다.

"갑자기 찾아와서 당황스럽겠지만 훈련 끝나고 잠깐 볼 수 있을까? 체육관에서 훈련하는 거 맞지? ……훈련 끝날 때까지 기다릴게. ……응, 그때 보자."

도경은 전화를 끊고는 은표와 나눈 대화를 내게 전해 주었다. 은표의 훈련이 오후 4시에 끝나고 체육관 로비에서 기다린다고 했다고.

지도를 확인하니 터미널에서 체육관까지는 꽤 멀었다. 버스를 타고 삼십 분 정도 가야 했다. 우리는 버스 정류장으로 향했다.

버스에서 내리자 멀리 체육관이 보였다. 체육관은 10층 건물로 웅장했다. 대정시에서 가장 큰 체육관이라고 했다. 시간을 확인하자 3시 40분이었다. 이십 분은 더 기다려야 했다. 햇볕이 뜨거웠다. 더위를 피해 우리는 체육관 인근 편의점에서 아이스크림을 먹은 뒤 체육관 안으로 들어왔다. 로비는 넓고 시원했다. 로비 중앙에 있는 간이 의자에 앉아 은표를 기다렸다.
"도경아, 엄마 아빠한테 대정에 왔다고 얘기했어?"
도경은 흐릿한 미소만 지을 뿐 답이 없었다. 하지만 이미 대답을 들은 듯해서 더는 묻지 않았다. 도경은 부모님에게서 식충 식물을 닮은 픽싱을 보았다고 했다. 부모님과 도경은 여전히 서먹한 관계인 걸까.

얼마 뒤 멀리에 있는 엘리베이터 문이 열리며, 운동복을 입은 아이들 무리가 로비로 걸어 나왔다. 그쪽을 주시하던 도경은 한 명을 보고 손을 흔들었다. 그 아이의 키는 도경과 비슷했다. 오랜 시간 운동을 해서 그런지 어깨가 넓고 몸도 단단해 보였다.
"저 애가 은표야?"
"응."
나는 은표를 바라보는 도경의 명징한 눈을 살폈다. 도경은 은표의 픽싱을 보기 위해 몰두하고 있는 듯했다.

은표가 우리 앞으로 다가왔다.

"은표야, 오랜만이야."

"그러네."

은표는 성의 없이 답하고는 내 쪽으로 고개를 돌렸다.

"뭐냐, 여자 친구랑 같이 온 거야?"

"여자 친구 아니고, 여자 사람 친구야."

둘 사이에 끼어들어 일러 주었다. 은표는 멋쩍어하며 도경에게 시선을 돌렸다.

"갑자기 무슨 일이냐? 연락은 또 뭐고?"

"방학이잖아. 네 생각이 나기도 했고."

은표는 어이없다는 웃음을 흘렸다.

"수영 실력은 여전히 최고지?"

은표는 귀찮다는 듯, 이번에도 피식 웃었다. 은표의 무성의한 태도에 마음이 상할 듯한데 도경은 다정하게 대하려 노력했다. 아무튼 둘 다 불편해 보이기는 마찬가지였다.

은표 휴대폰에서 벨이 울렸다. 은표는 잠깐만,이라고 말한 뒤 멀찍이 떨어져서 통화를 했다. 잠시 뒤 우리 쪽으로 다가오더니 개인 훈련이 있어서 가야 한다고 말했다.

"아, 그래."

"그럼 잘 가라."

은표는 심드렁하게 말을 흘리고 돌아섰다. 은표의 태도가 여전히 거슬렸지만 내가 나설 수는 없었다. 그저 멀어지는 뒷모습을 지켜볼 수밖에. 유리창 너머로 보이는 은표는 도로에 인접한 보도블록에 서 있었다. 곧 검은 승용차 한 대가 은표 앞에 멈춰 섰다. 은표가 타자마자 승용차는 출발했다.

"픽싱 봤어?"

내 질문에 도경은 고개를 가로저었다.

"아니."

"본체 속으로 스며든 건가?"

"예전의 은표 눈빛이 아니야. 무언가가 빠져 있어."

"빠져 있다니?"

"열정이랄까, 간절함이랄까. 그런 게 보이지 않아."

은표는 수영 실력이 뛰어나다고 했다. 열정과 간절함 없이 실력이 좋을 수 있을까. 다미 아주머니를 생각했다. 간간이 보였던 낯선 눈빛을. 느닷없이 차가워지는 모습을. 그럴 때 정말이지 아주머니는 다른 사람 같았다. 도경도 은표에게서 그런 모습을 본 걸까.

"네가 좋아하는 수영장 보고 싶다. 거기 가서 좀 더 생각해 보자."

"그럴까? 여기에서 세 정류장만 가면 돼."

정류장에 도착하자 운동복을 입은 한 무리의 남자아이들이 버스 정류장에 모여 있었다. 그들은 의자에 앉아 농담 섞인 대화를 나누었다. 우리는 아이들과 거리를 두고 버스를 기다렸다.

"너, 정도경 아니냐?"

한 아이가 도경을 알은체하며 다가왔다. 곧 도경의 얼굴에 미소가 번졌다.

"그루지? 한그루."

"기억하네. 너 서울로 전학 갔다고 들었는데."

"서울은 아니고······."

나는 일부러 옆으로 비켜섰다. 여자 친구니, 뭐니 하는 이야기를 듣고 싶지 않아서.

"집에 온 거야?"

"응, 온 김에 조금 전에 은표 만났어."

도경이 은표라는 이름을 꺼낸 순간, 그루라는 아이의 표정이 굳어 버렸다.

"왜? 은표 무슨 일 있어?"

도경 역시 그루의 표정에서 어떠한 낌새를 눈치챈 듯 물었다.

"걔 별명이 뭔지 알아? 괴물이야. 물론 실력은 최고지. 무슨 훈련을 받는지 무서울 정도로 좋아졌으니까. 이번에 대회 나가면 분명 전국 1등, 금메달 딸걸. 그런데 이상하게 은표랑 같이 수영을 하는 애들 가운데 실력이 좋은 애들이 어이없는 실수를 하거나, 물속에서 다리에 쥐가 나거나 그래. 오죽했으면 은표 옆에는 가지도 말라는 소문이 돌고 있다고."

도경과 나는 그루가 해 준 이야기를 귀담아들었다. 곧 버스가 왔다. 한쪽에 모여 있던 아이들이 버스를 타야 한다면서 그루를 불렀다. 그루는 도경에게 급히 인사를 전하고 아이들과 버스에 올라탔다. 버스가 떠난 뒤 도경에게 다가섰다.

"너도 들었지?"

도경이 물었다.

"응."

도경이 말한, 은표에게서 풍겨져 나온 불길한 분위기는 괜한 걱정이 아닌 듯했다. 잠시 뒤, 우리가 탈 버스가 도착했다.

우리는 맨 뒷자리에 나란히 앉았다. 도경은 창밖으로 시선을 돌렸다. 굳어 있는 표정에서 복잡한 마음을 짐작했다. 일부러 어떤 말도 묻지 않았다. 도경에게 생각할 시간을 주고 싶었다. 버스는 한참을 달렸다. 우리의 목적지는 마지막 정류장이었다.

버스에서 내리자 저만치에 작은 공원이 보였다. 도경 말대로 공원 뒤로 높지 않은 산이 이어져 있었다.

"너희 집은 어디쯤이야?"

"공원 반대편, 길 건너 아파트야."

도경의 시선을 따라 눈을 돌리자, 4차선 도로 건너에 높은 아파트들이 즐비했다.

"집이랑 가깝구나."

"그래서 자주 왔지."

슬슬 배가 고프기 시작했다. 우리는 근처 편의점에서 간단하게 컵라면과 삼각김밥을 먹었다. 후식으로 아이스아메리카노를 마신 뒤 공원 입구로 들어왔다.

공원 안의 우람한 나무들 덕분에 길가에는 시원한 그늘이 펼쳐져 있었다. 신선한 공기가 지친 몸과 마음을 가볍게 달래 주었다. 계속 걷다 보니 나무 사이에 수영장이라고 쓰여 있는 이정표가 나타났다. 이정표를 따라 걸어가니 소란스러운 사람들의 소리가 들려왔다. 곧 입구가 드러났다.

수영장 풀은 총 세 개였다. 미취학 어린이가 놀 수 있는 얕은 곳과 초등학생을 위한 곳, 마지막으로 청소년과 성인을 위한 풀장이 있었다. 반대편에 탈의실과 샤워실, 화장실이 마련되어 있었으며 수영장 둘레에 그늘막이 펼쳐져 있었다. 그 안에 어른들이 옹기종기 모여 앉아 물놀이를 하고 있는 아이들을 지켜보았다. 무리를 지어 이야기를 나누는 아이들의 목소리가 들려왔다.

아이들은 밤이 되면 여기 수영장에 귀신이 출몰한다고 했다. 우리는 그 이야기를 들으며 웃었다. 저 때는 온갖 이야기와 소문을 만드는 것도 하나의 놀이니까. 게다가 지금은 여름이 아닌가. 여름에 공포 이야기는 빠질 수 없다.

도경은 아이들을 보며 해맑게 웃었다. 그 미소를 보며 이곳에서 수영을 했을 도경의 초등학생, 중학생 때의 모습을 상상했다. 물속에서 신나게 물장구를 치는 저 아이들처럼 개구쟁이였으려나.
"도경아, 여긴 몇 시까지 해?"
"여름에는 아홉 시까지. 저녁에는 중학생부터 어른까지만 있을 수 있어."
"그럼 늦게까지 있을 수 있겠네."
"응, 가자. 비밀 장소 보여 줄게."
도경을 따라 비탈길을 올랐다. 걷다 보니 커다란 버드나무가 드리워져 있었다. 우리는 나무 아래로 들어가 어깨에 메고 있던 가방을 내려놓고 자리를 잡았다. 아래로 처진 버드나무 줄기는 커튼처럼 세상을 가렸다. 줄기 사이로 보이는 수영장은 숲속의 호숫가처럼 느껴졌다.

어느덧 해가 지고 있었다. 사람들이 하나둘 수영장을 빠져나갔다. 고개를 들고 사위를 둘러보았다. 초록 나무들에 밤의 색이 드리워졌다. 어느덧 우리만 남았다. 군데군데 있던 가로등의 불빛이 꺼졌다. 사위가 어두워졌다. 도경과 나는 휴대폰으로 불빛을 밝혔다.
"어떻게 할래?"
도경은 침묵을 지켰다. 하지만 표정으로 도경의 마음을 짐작할 수 있었다. 도경은 은표를 만나고 싶은 것이다.

"그루에게 들은 얘기가 계속 걸려. 아까는 개별 훈련이 있어서 급하게 갔을 수도 있어. 지금 보자고 하면 오지 않을까? 여긴, 은표에게도 특별한 장소일 테니까."

"그럴 수 있지. 연락해 봐."

솔직히 은표가 이곳에 올 확률이 거의 없다고 생각했지만 마음 한편으로는 도경의 말을 믿고 싶었다. 어쩌면 도경이 실망하는 모습을 보고 싶지 않은 것인지도 모르겠다.

도경이 휴대폰을 만지작거리는 동안 수영장을 넌지시 내려다봤다. 눈이 어둠에 익숙해지면서 사물의 형태를 분간할 수 있었다. 멀리서 누군가 수영장 안으로 들어왔다. 왠지 실루엣이 낯설지 않았다. 다부진 체격과 넓은 어깨. 자세히 보니 은표였다.

은표는 탈의실 안으로 들어가더니 검은 래시 가드 수영복을 입고 나타났다. 나는 도경의 어깨를 톡톡 두드렸다.

"왜?"

"은표가 왔어."

"정말?"

놀란 도경은 내가 가리킨 손끝을 눈여겨보았다. 곧 도경도 은표를 발견했다.

은표는 양팔을 뻗어 올려 스트레칭을 하더니 가장 깊은 풀장으로 입수했다. 긴 팔을 곧게 뻗으며 헤엄을 쳤다. 넓은 공간을 쭉쭉 뻗어 나가 금세 벽을 치고 반대 방향으로 몸을 돌려 출발 지점으로 돌아갔다. 그런데 물속에는 은표만 있는 것이 아니었다. 낯선 존재가 같이 있었다. 온몸에 검은 비늘과 지느러미를 달고 있는 생명체는 은표와 비슷한 크기에 뱀과 용을 교묘하게 섞어 놓은 듯한 모습이었다. 놀란 나는 그 존재에서 눈을 뗄 수가 없었다.

"도경아, 보여?"

떨리는 목소리로 도경에게 물었다. 도경 역시 놀란 표정으로 천천히 고개를 끄덕였다.

"저건…… 뭐지?"

"도플갱어."

내 물음에 도경이 답했다.

"도플갱어?"

"응, 은표의 도플갱어."

"그런데 나는 은표와 마음을 나누지 않았는데 어째서 볼 수 있는 거지?"

"……너랑 나랑 연결이 되어 있어서 그런가. 유성을 마주했다는 공통점 때문에."

"그럼 너도 다미의 픽싱과 아주머니의 도플갱어를 볼 수 있다는 거야?"

"그럴지도."

우리는 그 말을 마지막으로 은표를 조용히 관찰했다. 잠시 뒤 은표가 헤엄을 멈추고, 곁에 있던 도플갱어가 은표에게 다가갔다.

"넌 잘하고 있어. 네가 금메달을 따면 모든 게 달라져. 뒤에서 수군거리는 아이들의 이야기 따위는 신경 쓸 필요 없다고. 헤엄을 쳐. 내게 진짜 너를 보여 줘."

도플갱어의 목소리는 낮고 음산했다. 은표의 목소리와는 확연히 달랐다.

은표는 다시 물속으로 들어가 헤엄을 쳤다. 쉬지 않고 몸을 움직였다. 힘들고 지쳐 보였다. 그런데도 은표는 멈추지 않았다.

"저러다가 몸이 상하겠어."

도경이 중얼거렸다. 은표는 지쳤는지 속도가 처음보다 느려졌다. 그러자 도플갱어가 날카로운 지느러미로 파도를 만들었다. 파도에 휩싸인 은표가 물속에 잠긴 채 허우적거렸다.

"힘을 내, 은표. 헤엄을 쳐. 계속 움직여."

도플갱어는 은표를 몰아붙였다. 더욱더 강하게 채근했다.

"은표가 너무 위험해 보여."

내 말에 도경은 고개를 숙인 채 주먹을 쥐었다. 도경 역시 힘들어했다.

"도경아, 괜찮아?"

도경이 고개를 들고 말문을 열었다.

"도플갱어를 은표 몸속으로 들어가게 할 방법은 뭘까?"

"도플갱어를 품을 수 있을 만큼 은표 마음이 넓고 단단해져야 하는 것 아닐까. 그런데 저 거대한 존재를 품고 다독일 수 있으려면 얼마큼 넓어져야 하는 거지?"

"어쨌든 중요한 건 도플갱어를 몸속으로 들어가게 할 열쇠는 본체인 은표가 쥐고 있다는 거야."

"도경아, 네가 도울 수 있지 않을까?"

"내가? 난 은표의 픽싱을 보고도 피했는걸?"

도경의 눈빛에 불안한 두려움이 일렁였다.

"네가 말했잖아. 무생물인 책이 너를 움직이게 했다고. 그리고 넌 나를 움직이게 했어."

"내가?"

"그래. 넌 나를 보았잖아. 내 몸에 붙어 있는 돌을. 힘들 때 연락하라는 너의 말이 내게 얼마나 큰 힘이 되어 주었는지 몰라. 나 정말 혼자라고 생각했거든. 외롭고 힘들었거든. 어둠 속에 가라앉아 버릴 것 같은 감정의 무게가 버거웠거든. 그런데 돌 같은 감정도 예쁠 수 있다는 걸, 아름다운 빛을 낼 수 있다는 걸 알게 해 주었어. 너의 에너지가, 파동이 나에게 온 거야."

나는 주머니에서 돌을 꺼내 도경에게 보여 주었다. 도경은 말없이 그 돌을 봤다.

"……."

"은표에게도 너의 에너지와 파동을 전해 줘."

"내가…… 할 수 있을까?"

나는 고개를 끄덕였다.

"은표는 네게 특별하잖아. 그래서 여기까지 온 거잖아. 이번이 기회일 수도 있어."

도경은 아랫입술을 깨물며 죽을힘을 다해 헤엄치고 있는 은표를 바라보았다.

"내가 지켜보고 있을게. 그리고 도울게."

나는 도경의 손을 잡았다. 흔들렸던 도경의 눈빛이 단단해졌다.

"알았어. 해 볼게."

도경은 자리에서 일어나 여러 번 호흡을 가다듬었다. 그리고 수영장을 향해 걸어 내려갔다.

은표의 도플갱어

"은표야!"

도경의 목소리가 수영장에 울려 퍼졌다. 은표는 헤엄을 멈추고 놀란 눈으로 도경을 쳐다보았다. 동시에 은표의 도플갱어는 자신의 존재를 숨기려는 듯 물속으로 들어가 바닥에 납작 엎드렸다.

"네가 어떻게 여길……."

은표가 놀라 말했다.

"여긴 우리의 비밀 장소였잖아. 네가 여기 올지도 모른다고 생각했어. 그래서 기다렸어."

은표는 텅 빈 눈으로 도경을 쳐다보았다.

"나도 수영하고 싶은데 수영복을 챙겨 오지 못했네. 하지만 뭐, 상관없어."

도경은 그대로 물속으로 들어갔다. 풍덩 소리와 함께 물방울이 사방으로 튀었다.

"뭐야?"

은표는 양팔을 휘저으며 뒤로 물러섰다. 물 밑에 가라앉아 있던 도플갱어는 슬며시 움직여 은표의 발아래 쪽으로 붙었다.

'도경도 은표의 도플갱어를 보고 있겠지.'

조마조마한 마음을 다잡으며 도경과 은표가 있는 곳으로 가까이 내려갔다.

"은표야, 우리 예전처럼 시합할까?"

"왜 이래? 유치하게."

도플갱어는 픽싱처럼 은표의 허리를 감싸며 몸에 밀착했다. 나는 초조한 마음으로 지켜볼 수밖에 없었다.

"당장 여기서 나가! 너 따위랑 놀 시간 없어! 난 너처럼 한가하지 않다고!"

은표는 도플갱어의 조종을 받는 것 같았다. 도플갱어가 은표 몸을 감쌀수록 은표의 표현도 강해졌다. 도플갱어가 은표의 몸을 완전히 장악하게 되면 어떻게 될까. 그때 도경이 입을 열었다.

"왜, 나랑 시합하기 겁나?"

"진심이야? 네가 나를 이길 수 있을 것 같아?"

은표는 어이없는 웃음을 흘렸다.

"물론 이길 수 없겠지."

"질 걸 알면서 시합을 하자는 거야?"

은표는 비아냥거렸다.
"혹시 모르잖아. 변수라는 게 있으니까."
그루의 이야기를 기억했다. 은표와 수영을 하는 아이가 어이없는 실수를 하거나 다치곤 했다고. 설마 그게, 도플갱어 때문에 일어난 일이었을까. 도경은 지금 무슨 생각을 하고 있는 걸까.
"변수? 좋아. 실력 앞에서 변수 따위는 의미 없다는 걸 알려줄게."
은표의 승낙과 동시에 도플갱어가 은표 몸에서 벗어나 물 밑으로 가라앉았다.

도경과 은표는 물속에서 나와 출발선에 올라선 뒤, 동시에 물속으로 뛰어들었다. 은표가 도경을 치고 빠르게 앞으로 나갔다. 그 순간 은표의 도플갱어가 도경에게 달려들었다.
도경이 도플갱어의 힘에 눌려 물속으로 가라앉았다. 더는 지켜만 보고 있을 수 없었다. 내가 할 수 있는 건 무엇일까. 골몰하는 동안 내 몸의 픽싱, 돌을 떠올렸다. 주머니에서 돌을 꺼내 어루만졌다. 돌에서 반짝이는 기운이 느껴졌다. 그 빛은 내 안 깊숙이 파고들어 물을 향한 두려움을 없앴다.
나는 수영장으로 풍덩 몸을 던졌다. 도경에게 달려들어 도플갱어를 잡아챘다. 도플갱어를 끌어안고 물속으로 내려앉았다. 도플갱어는 완강했다. 질량감이 느껴지지 않는데도 묵직했다. 돌의 에너지가 도플갱어를 내리누를 수 있도록 힘을 주었다. 은표의 도플갱어는 내게서 벗어나려 쉴 새 없이 지느러미를 움직였다. 낯선 감정이 몰려들었다. 분노와 불안, 두려움과 슬픔, 아픔과 고통. 이것은 은표 도플갱어의 감정인가, 아니면 은표의 것일까. 분리된 자아라 해도, 도플갱어는 본체의 감정을 지니고 있는 걸까. 분명한 건, 이 감정을 다스릴 사람은 본체 은표뿐이다.

호수마을에 도경을 초대한 날을 기억했다. 호수에 돌을 던지며 감정을 쏟아 냈던 순간을. 그 뒤 내 안의 반짝이는 돌을 인정할 수 있었다. 그렇다면 은표의 행동을 이끌어 줄 사람은 도경이었다. 이 사실을 도경에게 알려야 한다. 물 밖으로 고개를 내밀어 도경에게 소리쳤다.

"도경아, 내가 도플갱어를 막고 있을게. 너의 마음을 은표에게 전해! 도플갱어의 힘을 제어할 수 있는 건 은표야. 은표가 자신의 감정과 이야기를 쏟아 내야 해."

"은표의 이야기?"

도경이 물었다.

"응, 도플갱어는 은표의 감정이 만들어 낸 거야. 그러니까 은표가 감정을 쏟아 내면 도플갱어의 힘을 제어할 수 있을지도 몰라."

도경은 은표에게 시선을 돌렸다. 은표는 물속에서 꼼짝하지 못했다.

"도경아, 어서!"

도경이 힘겹게 도플갱어를 제어하고 있는 나를 보다가 다시 은표를 보며 말을 꺼냈다.

"은표야, 미안해."

"뭐가 미안하다는 거야!"

은표는 양손으로 물을 내리쳤다. 날카로운 물살이 사방으로 튀었다. 은표의 도플갱어가 내게서 벗어나기 위해 몸을 비틀어 댔다. 나는 또 한 번 도플갱어를 힘껏 내리눌렀다.

"네게 상처를 줘서 미안해. 우리 사이에 오해가 있는 것 같아."

나는 은표의 망설이는 눈빛을 보았다. 은표는 지금 흔들리고 있다.

"은표야, 네 이야기를 들려줘. 진심이야."

도경이 그 말을 뱉는 순간, 도경의 모습 뒤로 날개를 단 새가 모습을 드러냈다. 반짝이는 물고기 비늘의 깃털을 가진 새가.

'저 생명체는……'

도경의 도플갱어다. 도경의 우주에서 살고 있는 도플갱어. 그 생명체는 날개를 활짝 펼치더니 은표를 감싸기 시작했다. 따뜻한 보호막처럼. 그러자, 은표의 눈빛이 달라졌다. 포근한 기운이 풍겨 나왔다.

은표가 말문을 열었다.

"정도경, 정말 나의 이야기를 듣고 싶어?"

"응."

도경이 힘주어 답했다. 도경의 진심 어린 대답에 은표가 이야기를 시작했다.

그 이야기는 도경이 내게 들려준 이야기와 흡사했다. 어느 날, 감독과 코치는 은표를 불렀고 도경에게 했던 것처럼 경쟁을 부추겨서 은표의 실력을 끌어올리려 했다. 어른들은 누가 1등을 해도 상관없었다. 그저 자신들의 실적이 중요했기에.

"감독님과 코치님이 네게도 그런 얘길 했다고? 몰랐어. 그런 일은 내게만 있는 줄 알았어."

"무슨 얘기야? 너에게만 있는 일이라니?"

은표의 질문에 도경은 자신의 이야기를 들려주었다.

이야기를 들은 은표는 주춤했다. 그러자 은표의 도플갱어에게서 감정이 느껴졌다. 미안함과 후회. 분명, 도플갱어와 은표의 감정은 이어져 있다.

"넌 수영도 그만두고 말도 없이 사라졌어. 내가 연락해도 피하기만 하고. 나는 너에게 사실대로 이야기하고 싶었어. 네게 개인훈련을 숨길 수밖에 없었던 이유도. 네가 피하자 화가 나서 네 이야기를 아이들에게 꾸몄던 거야. 비겁한 녀석이라고. 그때부터 난 달라지기로 했어. 다른 것은 생각하지 않고 오로지, 무슨 방법을 써서라도 실력만 키우자고. 미안해, 나도."

그 시기 도경이 은표에게서 멀어진 건 은표의 몸에서 픽싱을 보았기 때문이다.

"미안, 그때는 사정이 있었어. 나는 네가 나 따위는 안중에도 없다고 생각했어. 그리고 내가 대정을 떠난 건…… 도망친 거야."

"도망?"

"진실은 그거야. 숨고 싶어서 대정을 떠났어. 너도 나와 같은 일이 있는 줄 몰랐어. 무작정 오해한 걸 후회해."

은표의 도플갱어에게서 다른 느낌이 전해졌다. 뭔가 유연하고 조금은 부드러워진 느낌. 더불어 비늘 색이 변해 갔다. 검은색이 점점 흐려지고 투명해졌다. 은표가 솔직한 속내를 털어놓자 도플갱어의 형체가 서서히 작아졌다. 작아지고 작아지더니 반짝이는 빛으로 남았다. 그 빛은 물속에서 둥둥 떠올랐다. 민들레 홀씨처럼 가볍게 공중을 날아 은표에게 다가가더니, 은표의 콧속으로 들어가 숨결처럼 사라졌다.

도플갱어는 본체인 은표의 몸속으로 스며들었다. 도플갱어는 사라지지 않았다. 은표의 우주 속에 살아 있다.

도플갱어가 은표의 마음속에서 자유롭게 살아갈 수 있기를 바랐다. 은표에게 긍정의 힘이 되어 주기를.

나는 헤엄을 쳐 물 밖으로 나왔다. 은표를 감싸고 있던 도경의 도플갱어, 비늘새가 날개를 접었다. 비늘새 역시 작아져서 도경 몸속으로 스며들었다. 나는 또 하나의 사실을 깨달았다. 그동안 도경의 픽싱을 볼 수 없었던 이유를.

우리 셋은 벤치에 나란히 앉았다.

"이기지도 못할 시합을 왜 하자고 한 거냐?"

은표가 장난 섞인 퉁명스러운 목소리로 물었다.

"지면 좀 어때. 너한테 지는 건 당연해. 넌 선수고 난 이제 아니니까."

은표는 피식 웃었다.

"수영, 다시 하고 싶지 않아?"

"가끔 생각나기는 해. 다시 시작해 보면 어떨까, 하고. 간절한 건 아니야. 나는 다른 무언가를 찾고 있어."

"그게 뭔데?"

도경은 말없이 웃기만 했다. 나도 알고 싶었다. 도경의 무언가에 대해. 하지만 지금은 둘 사이를 지켜 주고 싶었기에 잠자코 있었다.

"사실, 난 이기면서도 늘 불안했어. 다음에 지면 어떻게 하지? 무섭고 겁이 났어. 끝이 보이지 않았어. 내가 언제 제일 두렵고 무서웠는지 알아?"

은표가 깊은 속내를 털어놓았다.

"언제?"

"물 밖에 있을 때."

"불안해하지 마, 은표야. 넌 잘하고 있으니까."

"정말 그럴까."

"너 자신을 믿어도 돼."

"너는? 너는 어때?"

"나도 너랑 같아. 여전히 불안하지만 나를 믿으려고 노력하고 있어."

도경의 이야기에 은표가 환하게 웃었다.

우리는 수영장 밖으로 나왔다. 은표는 버스를 타고 집으로 돌아갔고 도경과 나만 덩그러니 남았다. 도경이 내게 물었다. 은표의 감정이 도플갱어를 만들었다는 걸 어떻게 알았는지. 나는 물속에서 느낀 일들을 도경에게 이야기했다. 더불어 다미의 픽싱에게 느꼈던 감정도.

그동안의 일들을 떠올렸다. 사장님의 픽싱은 사장님의 감정 때문에 생겨났다. 마음에서 일어나는 감정으로 인해 픽싱은 자라고 움직이는 것이었다. 그 감정의 근원은 인회 언니였을까. 나는 아빠의 반투명 젤리 픽싱을 생각했다. 아빠 몸을 지우고 있는 그 존재를. 아빠 마음속에서는 무슨 일이 벌어지고 있는 걸까.

도경에게 물었다. 은표에게 말한 '다른 무언가'에 대해. 도경은 밤하늘을 보며 입을 열었다.

"우리가 우주로부터 받은 선물."

"선물?"

"픽싱을 볼 수 있는 우리의 능력. 그건 누군가의 진짜 마음을 들여다보는 일이잖아. 그 선물로 괜찮은 사람이 될 수 있지 않을까. 수온아, 네게 하고 싶은 말이 있어."

"……."

"대정에 함께 와 줘서 고마워. 내가 은표를 돕도록 이끌어 줘서."

"나의 픽싱이 도움이 되었다니 뿌듯한데."

"해 줄 말이 또 있어."

"뭔데?"

"네 몸의 돌이 작아지고 있어."

"그건…… 본체 안으로 스며들고 있다는 거지?"

"너의 마음이, 세계가 확장되고 있다는 뜻이지. 단단하고 유연하게. 픽싱은 그 안에서 아름답고 강한 에너지로 살아 있겠지."

"네 몸에서 픽싱이 보이지 않는 이유를 알았어."

도경이 고개를 궁금하다는 듯 고개를 갸웃했다.

"네 마음은 이미 넓고 깊기 때문이야. 너의 우주가 깊고 넓어서 몸 밖으로 돌출이 되지 않았던 거야. 난 네 마음 안에 살고 있는 도플갱어를 봤어. 물고기 비늘 깃털과 날개를 가진 새였어."

"새?"

"응, 그 존재가 은표를 감싸 주고 있었어. 은표는 그 온기 덕분에 솔직한 마음을 얘기했고."

우리는 다미 엄마 방에서 살고 있는 호랑이에 대해 이야기를 나누었다. 그 호랑이 역시 아주머니의 감정이 낳은 도플갱어일 것이다.

"그런데 도경아, 어째서 자신의 픽싱은, 자신의 도플갱어는 볼 수 없는 걸까."

"아마…… 서로에게 관심을 가지라는 뜻이 아닐까. 혼자서 살아갈 수 없는 세상이니까. 서로에게 관심을 가져 주고, 마음을 나누라고."

"그래. 그래서인 것 같아."

도경의 집

 밤이 깊었다. 서울로 향하는 버스는 끊겼다. 무엇보다 우리 둘 다 옷이 다 젖어 버렸다.
 "수온아, 우리 집으로 가자."

 십 분 정도 걸어서 도경의 아파트 단지 정문 앞에 도착했다. 도경은 나를 205동으로 안내했다. 우리는 엘리베이터를 탔다. 도경이 10층을 눌렀다.
 "너희 부모님이 무척 놀라시겠다. 너도 너지만 나까지."
 "그러게. 미리 전화라도 할 걸 그랬나?"
 10층에 도착하자 엘리베이터 문이 열렸다. 도경은 1005호 도어록의 비밀번호를 눌렀다.
 "누구세요?"

도경의 엄마는 놀란 얼굴로 옷이 젖어 버린 도경과 나를 번갈아 봤다.
"도경아, 갑자기 어쩐 일이야? 너는……."
도경의 엄마에게 안녕하세요,라고 인사를 전했다. 아주머니는 당황하는 눈빛으로 우리를 주시했다.
"도경이라니?"
뒤에서 굵직한 목소리가 따라 나왔다. 단번에 도경의 아빠라는 걸 알았다. 도경의 아빠는 나를 보자마자 어색한 듯 목소리를 가다듬었다. 그때였다. 전조 증상과 함께 도경 엄마 아빠의 픽싱이 눈에 들어온 것은. 두 분의 가슴에 주먹만 한 입이 매달려 있는 게 보였다. 도경의 말대로 식충 식물의 모양과 비슷했다. 입속의 이빨이 날카로웠다. 하지만 이제 픽싱이 두렵거나 무섭지 않았다.
"어서 들어와."
도경의 엄마가 집 안쪽으로 손짓을 했고, 우리는 동시에 젖은 신발을 벗었다.
우리를 지켜보는 도경 부모님의 얼굴은 여전히 심각했다. 도경은 부모님을 안심시키려는 듯이 같은 반 친구라고 나를 소개했다.
"저는 박수온이라고 해요."
"수영장에서 놀다가 옷이 젖었어요."
도경의 이야기를 듣고 나서도 도경 부모님의 표정은 누그러지지 않았다.

"일단 씻고 나오렴. 아 참, 저녁은 먹었니?"
"아뇨."
도경의 대답에 도경의 아빠가 밥을 차려 주겠다고 했다.

도경의 집에는 욕실이 두 개였다. 우리는 각각의 욕실 안으로 들어가 오늘 하루의 무게를 씻어 냈다. 도경의 엄마는 내게 옷을 주었다. 젖은 옷은 빨아서 건조기로 말려 주겠다면서.
욕실에서 나오자 부엌 식탁에 음식이 차려져 있었다. 이리 와서 밥을 먹으라는 도경 아빠의 말에 우리는 부엌으로 가 식탁에 마주 앉았다.
"수온이는 도경이 방에서 자고, 도경이는 거실에서 자야겠다."
곁에서 반찬을 챙겨 주던 아저씨가 말했다.
"네."
우리는 동시에 대답했다.
식사를 하는 동안 도경의 부모님은 거실 소파에 거리를 두고 앉아 뉴스를 시청했는데, 한마디의 말도 섞지 않았다. 식사를 마치자 아주머니가 부엌으로 들어왔다.
"감사히 잘 먹었습니다."
나의 인사말에 아주머니는 고개를 끄덕였다. 도경이 설거지를 하고 나는 아주머니를 도와 반찬 그릇을 정리해 냉장고에 넣었다. 그리고 도경의 방으로 들어왔다.

도경의 방은 깨끗했다. 도경이 여전히 이 방에서 살고 있는 것처럼. 인회 언니의 이야기가 떠올랐다. 잊고 있던 시간이 머물러 있던 언니의 방에 대해. 나는 방의 사물들을 통해 도경의 지난 시간을 짐작해 나갔다. 수영 관련 책들과 상장, 메달 등이 있었다. 은표를 비롯해 선수 생활을 함께한 친구들의 사진들도.

도경 부모님의 마음도 사장님의 마음과 같았을까. 아빠의 젤리픽싱은 어떤 감정의 생명체일까. 벽에 기대앉아 가방 안에서 휴대폰을 꺼냈다. 아빠에게 메시지를 보내려다가 통화 버튼을 눌렀다. 긴 신호음 끝에 아빠가 전화를 받았다.

"수온아."

주변 소음에 묻혀 아빠 목소리가 작게 들렸다.

"아빠."

"이 밤에 무슨 일이니?"

"그냥…… 했어요."

아빠는 말이 없었다. 나 역시 무슨 말을 해야 할지 몰라 잠자코 있었다. 다소 거친 아빠의 숨소리를 듣고만 있었다. 아빠도 나의 숨결을 느끼고 있을까.

"무슨 일 있어?"

아빠의 조심스러운 목소리에 나는 아니라고 했다. 언제 집으로 돌아오는지 물었다.

"조금 더 걸릴 거야."

"알았어요."

"……얼른 자. 좋은 꿈 꾸고."

작게 알겠다고 대답하고 통화를 끝냈다. 얼마 만에 들어 본 아빠의 다정한 안부 인사인지 모르겠다. 가슴이 뭉클했다.

이윽고 메시지 알림음이 울렸다. 호수 사진 한 장이 화면에 나타났다. 아빠가 있는 곳에도 호수가 있다는 메시지와 함께. 아빠 몸을 지우고 있는 젤리 픽싱을 생각했다. 나는 아빠를 걱정하며 그리워하고 있다. 지금의 감정을 담아 아빠에게 하트를 보냈다. 긴 손톱과 발톱을 잘라 낸 것처럼 마음의 한 부분이 깔끔해진 것 같았다.

침대에 누워 팔다리를 길게 뻗으며 기지개를 켰다. 돌이켜 보면 많은 일이 있었고, 피곤한 하루였다. 거실에서 들려오던 TV 소리가 잦아들면서 사방이 조용해졌다. 도경의 목소리가 도드라졌다.

"엄마 아빠, 드릴 얘기가 있어요."

이어 들려오는 세 사람의 나직한 목소리. 무슨 이야기를 하는지 정확히는 알 수 없지만 내일 아침에는 집 안 공기가 달라져 있지 않을까. 오늘보다는 온화하지 않을까. 졸음이 밀려왔다. 스르르, 눈을 감았다.

다시 서울로

 다음 날 아침, 대정터미널에서 버스를 탔다. 도경의 아빠는 출근길에 버스 터미널까지 우릴 데려다주셨다. 서울에 올라가면서 간식을 먹으라며 용돈도 챙겨 주셨다. 처음 우리를 대했던 때보다 인상도, 말투도 부드러웠다. 도경 역시 어딘지 모르게 편안해 보였다.
 우리는 편의점에서 커피와 도넛을 산 뒤 고속버스에 올랐다. 좌석에 앉자마자 도경에게 어젯밤 부모님과 무슨 이야기를 나누었는지 물었다.
 "앞으로는 연락도 자주 하고, 집에도 오겠다고 했어. 수영에 대한 미련은 없다고도 말했어. 처음이었어. 수영을 그만두고 내 마음에 대해 솔직하게 얘기한 건."
 "다행이다."

"넌 어때?"

"뭐가?"

"아빠랑 너. 전에 얘기했을 때 거리감이 있다고 생각했어."

"나도 어젯밤에 아빠랑 통화했어. 답답한 마음이 조금은 풀린 느낌이야."

"너도 다행이다."

"응."

"그런데 수온아, 봤어? 우리 엄마 아빠 픽싱."

나는 고개를 끄덕였다.

"우리가 같은 걸 본다는 게 신기해."

"나도야."

도경이 커피를 한 모금 마셨다. 휴대폰에서 진동음이 울렸다. 도경은 휴대폰을 확인했다.

"은표야."

도경은 메시지를 읽고 내게 보여 주었다.

—도경아 잘 가. 다음에 대정 올 땐 미리 연락하고. 수영복도 꼭 챙겨 와.

어떠한 이모티콘도 없는 건조한 메시지였지만, 도경을 향한 은표의 마음을 느낄 수 있었다. 도경 역시 마찬가지겠지. 문득 다미와 아주머니가 생각나 도경에게 물었다.

"호랑이도 은표의 도플갱어와 비슷한 존재일까?"

"확실한 건, 열쇠는 본체가 쥐고 있다는 거야. 본체는 다미네 엄마고."

"그럼 아주머니의 이야기를 이끌어 내야 할 사람은 다미네."

"아마도."

"오늘 다미를 만나야겠어."

"같이 만날까?"

"그래."

우리는 동시에 창밖으로 시선을 돌렸다. 바깥 풍경이 빠르게 뒤로 물러났다. 뒤로 사라지는 풍경을 보며 다미를 생각했다. 막막했던 눈앞이 조금은 환해진 듯했지만 여전히 어려웠다. 모든 사실을 다미에게 알려야 하기 때문이다. 다미가 어떻게 받아들일지 의문이었다. 그렇다고 이대로 가만히 있을 수는 없다. 다미 번호를 불러들인 뒤 메시지를 써 내려갔다.

─다미야, 너에게 진심으로 해 줄 이야기가 있어. 오늘 학원 끝나는 시간에 학원 로비에 있는 카페에서 기다릴게.

답장은 삼십여 분 뒤에 도착했다.

─이야기라니?

―만나서 얘기하고 싶어.

―알았어. 9시까지 올 수 있어?

―응.

 도경의 어깨를 톡톡 치고는 다미와 만날 약속 시간과 장소를 알려 주었다. 도경은 시간에 맞춰 가겠다고 말했다.

호랑이 도플갱어

밤 9시. 학원 1층 카페 안으로 들어가자 도경이 앉아 있었다.
"잘 찾아왔네."
"응."
우리는 넓은 로비 중앙에 있는 엘리베이터를 지켜보며 다미를 기다렸다. 잠시 뒤, 엘리베이터와 계단에서 아이들이 몰려 내려왔다. 아이들 틈에 있는 다미가 보였다. 어깨 위의 아기 고양이도. 고양이는 그사이 살이 더 빠져 있었고 털은 윤기 없이 부스스했다. 힘겹게 다미의 어깨에서 숨을 쉬고 있었다. 고양이의 모습은 다미의 마음, 감정이었다. 다미의 마음이 고양이처럼 아프다는 뜻이다.
"저 애지? 어깨 위에 고양이가 있는."
도경도 바로 다미를 알아보았다.

"맞아."

"고양이가 너무 힘들어 보이는데."

도경도 다미를 걱정하고 있다.

카페 안에 들어온 다미를 발견하자마자 손을 들었다. 다미가 옅은 미소를 지으며 우리 쪽으로 다가왔다. 다미는 맞은편 의자에 앉으며 낯선 눈길로 도경을 보았다. 우리는 우선 음료를 시켰다.

각자 음료를 앞에 두고, 나는 다미에게 도경에 대한 긴 이야기를 풀어놓았다. 첫 만남부터 친해진 과정까지. 정말이지 다미를 온전하게 이해시킬 수 있을까. 아무튼 시도는 해 봐야 한다. 선택은 다미의 몫일 테니까.

"다미야, 앞으로 내가 하는 얘기, 네가 어떻게 받아들일지 모르겠지만 끝까지 들어 줘."

다미는 고개를 끄덕였다.

다미에게 그동안 내가 보아 온 픽싱에 대해 이야기했다. 다미의 표정은 놀람에서 미심쩍음으로, 그리고 다시 놀람으로 바뀌었다. 시시때때로 변하는 파도처럼 다미의 표정은 다채로웠다. 시간이 지나 모든 이야기를 들은 다미가 입을 열었다.

"그럼…… 놀이터 그네에서 네가 들려주었던 얘기가 다 사실이었다는 거야?"

"맞아. 내 비밀이었어. 너에게도 진실은 말할 수 없었어. 네가 날 이상한 아이로 여겼을 테니까."

"솔직히 혼란스러운 건 사실이야. 하지만 전에도 얘기했지만 그때 네 이야기는 시간이 지나도 잊히지 않았어. 그리고······."

다미는 잠시 말이 없다가 입을 열었다.

"네가 비밀을 말했으니 나도 털어놓을 이야기가 있어."

나는 다미 이야기에 귀를 기울였다.

"부케 클럽에서 네가 물었지. 이 년 전, 왜 네 전화를 받지 않았는지. 말도 없이 번호를 바꾸었는지."

나는 고개를 끄덕였다.

"엄마 때문이었어. 그때도 나는 엄마 앞에서 아무것도 할 수 없었어. 우리가 같이 잔 다음 날, 여섯 시에 숙제를 하기 위해서 일어났는데, 네가 없어서 엄마한테 물었어. 너희 아빠가 오셔서 데려갔다고 했어. 네게 전화를 하려고 했지만 엄마는 그런 데 신경 쓰지 말고 학원 숙제를 하라고 잘라 말했어. 이후에도 네 전화를 받고 싶었고 너와 연락하고 싶었지만 못 했어. 지금껏 엄마 때문이라고 생각했는데 결국 내 선택이었던 거야. 엄마 말을 거스르지 않는 나의 선택."

"······."

"두려웠어. 겁도 났고. 엄마의 테두리를 벗어난다는 게. 지금껏 엄마 말을 따라서 안된 게 없으니까. 내 선택대로 했다가 잘못될까 봐 무서워. 고등학교 입학식 때, 같은 반 애를 통해서 네가 호수고등학교에 다닌다는 걸 알았어. 언젠가 너희 학교 앞에서 널 기다리다가 멀리서 널 봤어. 그런데 다가갈 수 없어 뒤를 쫓기만 했어. 네가 먼 요릿집 안으로 들어가는 걸 봤어. 거기서 배달 알바를 하는 걸 알았어."

"그럼 그때 국수를 시킨 것도……."

"맞아. 일부러 시킨 거야. 그래야 너와 닿을 수 있으니까. 내가 여전히 그 아파트에 살고 있다는 걸 알려 주고 싶었어. 널 다시 만난 날 결심했어. 네가 번호를 알려 주지 않으면 다시는 네 앞에 나타나지 말자고. 네가 번호를 알려 줘서 정말 좋았어."

"너희 엄마가 날 만나도 좋다고 허락한 거야?"

"그건 아냐. 단지, 시간도 지났고 엄마가 원하는 고등학교에도 갔으니까. 이 정도면 충분하다고 생각했어."

문득문득 내비치던 아주머니의 차가운 눈빛을 기억했다. 그 앞에서 나 역시 주춤거렸다. 아주머니는 내가 다미와 어울리는 게 싫었던 것이다. 아주머니 입장에서 나란 아이는 정말 별 볼 일이 없었을 테니까.

"그날은 괜찮았어? 혼자 있을 때 배달시켰다가 엄마한테 들킨 날."

"솔직히 그날부터 난 휴대폰도 엄마한테 점검받고 있어. 너와 나눈 대화를 바로바로 지우고 있는 중이야."

"그럼 오늘은……."

"당연히 엄마는 몰라. 엄마는 열 시에 올 거야. 아픈 할머니 때문에 바쁘거든."

조용한 도경에게 눈을 돌렸다. 도경은 다미 어깨에 있는 고양이를 보고 있었다. 아기 고양이는 언제부터 다미 어깨 위에 있었던 걸까.

"다미야, 진짜 중요한 얘기를 할 거야."

"중요한 얘기? 그게 뭔데?"

"놀라지 말고 들어 줘."

다미는 고개를 끄덕였다.

"나는 네 몸에 있는 픽싱을 볼 수 있어."

"내 몸에 붙어 있는…… 픽싱?"

다미 목소리가 떨렸다.

"그게 뭔데?"

"아기 고양이."

"아기 고양이?"

나는 고양이의 신비로운 무늬와 오드 아이에 대해 이야기했다.

"언제부터?"

"우리 처음 놀이터에서 인사 나눈 날부터. 이 년 전에도 아기 고양이였는데 지금도 같아."

나를 바라보는 다미의 눈에는 혼란스러움이 가득했다. 다미는 생각에 잠긴 듯 조용히 탁자 모서리를 응시했다.

"하지만 넌 타이거 워리어 옷을 입었어."

"무슨…… 뜻이야?"

다미가 고개를 들고 물었다.

"생각해 봐. 넌 엄마 몰래 그 옷을 입고 사람들 앞에 섰어. 넌 타이거 워리어가 되고 싶었던 거야."

"……."

"타이거 워리어는 용맹스러워. 그 모습이 진짜 네가 바라는 모습이었는지 몰라. 네게도 용맹스러움이 있다는 말이야. 널 지킬 수 있는 힘이."

"정말 그럴까?"

"응, 잊지 마."

이제 아주머니의 도플갱어에 대한 이야기를 전할 순서였다. 먼저 픽싱에서 진화한 도플갱어에 대해 알려 주었다. 다미는 목이 마른 듯 음료를 마신 뒤 내 눈을 뚫어져라 보았다.

"다미야, 이제 너희 엄마에 대한 이야기를 할 거야. 너의 엄마의 도플갱어에 대한 이야기야."

"엄마의 도플갱어?"

"너희 엄마 방에 호랑이가 있어. 엄마 몸에 붙어 있는 픽싱이 분리된 거야. 사실, 이 년 전에 처음 봤지만 그때는 확신하지 못했어. 잘못 본 줄 알았거든. 하지만 이번에 알았어."

"이번에?"

"내가 너희 엄마 방문을 열었잖아. 그날 똑바로 확인했어."

다미는 의심쩍은 듯 고개를 가로저었다.

"호랑이가 엄마를 위험에 빠뜨리기라도 한다는 거야?"

"그럴지도 몰라. 도경이와 내가 알기론, 몸에서 분리된 픽싱은 본체뿐만 아니라 다른 사람도 해칠 수 있어."

"다른 사람? 누구?"

"지금으로서는 누구라고 말할 수 없지만, 가장 가까운 사람이 될 수 있어."

"그럼, 나?"

다미는 믿을 수 없다는 듯 고개를 흔들었다.

"수온아, 나 지금 너무 혼란스러워. 네 말을 어디서부터 어디까지 믿어야 할지 모르겠어."

"이해해. 그럴 거야."

"그나저나 너희들은 어떻게 그런 걸 볼 수 있는데?"

다미에게 유성에 대해 이야기를 들려주었다. 대정에서 은표와 있었던 일들도.

"우린 네게 믿음을 강요할 수는 없어. 단지 우리가 본 것을 이야기하는 거야. 호랑이를 너희 엄마 몸속으로 들어가게 할 수 있는 사람은 아주머니 자신뿐이야. 너희 엄마가 본체니까. 그리고 그걸 도울 수 있는 사람은 너야."

"나? 어째서 내가 해야 하는데?"

"널 위해서. 그리고 아주머니를 위해서. 네 고양이는 점점 힘을 잃어 가고 있어. 그건 네 마음이니까, 누구보다 네가 잘 알 거야."

다미는 얕은 숨을 내쉬더니 이내 눈시울이 젖어 들었다. 나는 다미 손을 잡았다.

"널 보여 줘. 네 안에 있는 용기를. 물론 너희 엄마는 받아들이기 힘들어하실 거야. 그래도 해야 해. 그래야 아주머니가 자신의 이야기를 스스로 할 수 있을 거야."

"네 말대로 하면 엄마 도플갱어도, 내 픽싱도 본체 속으로 들어갈 수 있어?"

"맞아, 다미야."

다미는 내 손에 감싸인 손을 빼고는 음료수 잔을 양손으로 감싸 쥐었다. 다미의 손이 미세하게 떨리고 있었다.

"너뿐만 아니라 내 몸에도 픽싱이 있어."

"너도?"

"응, 나의 픽싱은 돌이야. 그 존재를 알게 된 건, 도경이 나를 보아 주었기 때문이야. 도경이 덕분에 난 나에 대해 알아 가고 있는 중이야. 무엇보다 중요한 건, 내 픽싱이 반짝이고 예쁘기도 하다는 것. 네 고양이도 얼마나 귀여운지 몰라."

떨고 있는 다미 손을 다시 한번 내 손으로 감싸 주었다.

"네 진짜 마음을, 네 이야기를 너희 엄마에게 들려줘."

다미 손끝은 여전히 떨렸다. 우리가 할 수 있는 건 다미의 시간을 기다려 주는 것뿐이었다.

"수온아, 뭐가 뭔지 모르겠어. 하지만 네 이야기가 거짓이라고 생각하지 않아. 그것만은 확실해. 생각할 시간이 필요해."

"물론이야."

마침 다미의 휴대폰에서 진동이 울렸다. 다미는 메시지를 확인했다. 다미는 엄마가 학원 앞으로 올 거라고 했다. 그러고는 엄마가 건물 안으로 들어오기 전에 나가야 한다면서 일어났다. 도경과 나는 밖으로 나가는 다미를 지켜보았다.

다미가 도롯가에 서자 검은 승용차가 다미 앞에 멈춰 섰다. 다미는 앞좌석 문을 열고 차에 올랐다.

"도경아, 다미가 우리 이야기를 받아들여 줄까?"

"믿어야지. 다미를. 우리를."

다미의 선택

다미를 만난 지 이 주일이 지났지만 연락이 없었다. 그사이 인회 언니는 영국으로 돌아갔다. 사장님은 매일 아침 인회 언니의 화분들에 물을 주고 있다. 나는 식물들의 성장을 관찰했다. 식물들의 잎과 줄기, 꽃잎의 모양과 향기는 다양했다. 식물들의 성장은 제각각이었다. 각자 다른 속도로 잎을 부풀리고 꽃을 피웠다. 다미와 나, 도경도 그럴 테지.

도경은 요즘 엄마가 반찬을 보내 주어서, 즉석 밥을 사서 먹는다고 했다. 그래도 일주일에 한 번은 면 요릿집에서 음식을 주문해 먹었다. 오늘이 바로 그날이었다. 나는 다미 이야기를 하지 않았다. 도경도 묻지 않았다. 하지만 마음속으로 누구보다 다미의 연락을 기다리고 있다는 것을 알고 있었다.

어느새 가게 앞에 도착해 자전거를 세워 두었다.

"수온아."

가게 안으로 들어가려는데 뒤에서 내 이름을 부르는 익숙한 목소리가 들려왔다. 다미, 목소리의 주인은 다미였다. 몸을 돌려 다미와 어깨 위의 고양이를 살폈다.

"널 만나러 왔어."

우리는 가게 앞 벤치에 나란히 앉았다. 다미는 안부를 묻기도 전에 이야기를 시작했다.

"매일매일 네 이야기를 곱씹었어. 생각하고 또 생각했어. 그동안 부캐 클럽에서 사들인 옷들을 봤어. 나는 왜 입지도 못하는 옷을 산 걸까. 며칠이 지나서 깨달았어. 나는 그들이 부러웠던 거야. 자기가 표현하고 싶은 캐릭터를 마음껏 선택할 수 있는 아이들이. 타이거 워리어. 맞아, 나도 타이거 워리어가 되고 싶었어. 너를 만난 다음 날, 엄마 방에 들어가 앉아 있었어. 정말 이 방에 호랑이가 있는 걸까. 만약 있다면 그 호랑이의 눈을, 빛나는 눈을 똑바로 보자고 마음먹었어. 그러자, 한기가 느껴졌어. 오스스 소름이 돋았어. 그렇게 시간이 지나고…… 어제 아침 거울을 보는데 떠오른 이야기가 있었어."

"뭔데?"

"네가 그랬잖아. 내 어깨에 붙어 있는 픽싱이 아기 고양이라고. 이 년 전에 처음 보았다고. 아기 고양이는 자라지 않은 채 지금도 그대로라고."

"……."

"신기하게도 잊고 있었던 어릴 때 일이 떠올랐어."

다미는 휴대폰에 저장되어 있는 사진 한 장을 보여 주었다. 사진 속에는 신비한 무늬와 눈을 가진 아기 고양이가 라면 상자 안에 식빵 모양으로 앉아 있었다.

"어, 이 고양이는 내 픽싱인데."

"열세 살 때였어. 학원 수업이 끝나고 돌아오는데, 아파트 단지 안에서 울고 있는 아기 고양이를 발견했어. 바로 이 고양이였어. 엄마 고양이가 있을 법한 곳을 살폈는데 없었어. 계속 우는 아기 고양이를 혼자 둘 수 없어 집에 데려왔는데 엄마가 당장 처음 있던 자리에 두고 오라고 했어. 엄마한테 한마디 말도 못 한 채 밖으로 나와야 했어. 고양이에게 말했지. 미안하다고, 네가 있을 곳을 찾아보겠다고. 재활용장에서 상자와 헌 옷을 가져와서 보금자리를 마련해 주고는, 사진을 찍고 집으로 돌아왔어. 밤새 뒤척였어. 고양이가 걱정이 되어서 잠이 오지 않았거든. 다음 날 아침, 눈을 뜨자마자 고양이가 있는 곳으로 갔는데…… 아무리 불러도 움직이지 않았어. 찾아보니까, 고양이는 죽으면 별이 된다고 하더라. 나는 매일매일 고양이를 위해 기도했어. 언제부턴가 고양이를 잊어버렸지. 네 이야기를 곱씹던 중, 그 고양이가 떠올랐어. 휴대폰을 찾아보았는데 사진이 있었어. 네가 말한 고양이랑 똑같았어.

신기했어. 고양이 이야기를 누구에게도 한 적이 없었으니까. 사라진 줄 알았는데 아니었나. 내 마음속에서 그 고양이가 살고 있었나."

다미 목소리는 흔들렸다. 조심스럽게 다미 어깨 위로 손을 올려 고양이를 쓰다듬었다. 고양이는 여전히 서늘했다. 동시에 애틋했다.

"고양이 별이 너의 마음에서 반짝이고 있었나 보다."

"무슨 얘기야?"

"너 알아? 사람의 몸은 작은 우주래. 그러니까, 그 고양이 별이 네 우주에서 계속 빛을 내고 있었던 거야. 그 별이 픽싱이 되어서, 네 몸 밖으로 나왔나 봐."

"그렇구나. 네가 아니었다면 내 마음속에 고양이가 살아 있다는 걸 몰랐을 거야. 그래서 수온아."

"……."

"나, 엄마에게 나를 보여 주려고."

"마음 정……한 거야?"

"응, 진짜 내 마음을 얘기해 보려고. 너무 늦지 않게. 날 위해서 그리고 엄마를 위해서."

"결심을 했으니, 언제라도 가능해."

"언제라도? 내일도?"

"응."

"장소는?"

"너희 집이 좋겠지. 아주머니 방에 호랑이가 있으니까."

"알았어. 내일 밤 아홉 시 삼십 분까지 우리 집에 올래? 엄마는 할머니를 만나고 열 시쯤 집에 오실 거야."

"응, 도경이랑 같이 갈게."

"그래, 수온아. 내일 봐."

다미는 웃었다. 옅은 웃음이었지만 그 미소에 안심했다. 다시 한번 고양이를 어루만졌다. 차가웠던 몸에서 온기가 느껴졌다. 다미는 의자에서 일어났다. 학원에 늦지 않게 가야 한다면서 달리기 시작했다. 멀어지는 다미를 바라보며 도경에게 전화를 걸었다. 다미의 선택을 알리기 위해서.

고양이 전사 다미

도경과 나는 밤 9시 30분에 다미네 집에 도착했다. 집 안에 들어서자 전에 마주했던 묵직한 기운이 느껴졌다. 우리는 다미 어깨 위의 고양이를 보았다. 고양이는 달라졌다. 늘 처져 있던 고양이가 오늘은 식빵 모양으로 앉아 있었다.

이제 호랑이의 존재를 확인할 차례였다. 다미가 안방 문을 열었다. 우리는 조심스레 안을 살폈다. 그런데 호랑이가 보이지 않았다.

"없어."

"없다니?"

나의 말에 도경이 놀라 물었다.

우리 셋은 안방으로 들어가 욕실과 드레스 룸까지 샅샅이 살폈지만 어디에서도 호랑이는 보이지 않았다.

"안방에서 나간 것 같아. 하지만 분명 집 안에 있어. 기운이 느껴졌거든."

우리는 찬찬히 집 안을 살폈다. 부엌과 서재, 다용도실, 실외기실, 욕실. 어디에도 호랑이는 없었다. 마지막으로 다미 방만 남았다. 조심스럽게 문을 열었다. 이곳에도 호랑이는 없었다. 하지만 어두운 기운이 느껴졌다. 지난번에는 느끼지 못했던 감각이. 도경도 느끼고 있는 듯했다. 다미 방을 세심히 살피던 도경과 나는 동시에 옷장을 주시했다.

"옷장."

"열어 보자."

내 말에 도경이 답했다.

우리는 옷장 문을 슬며시 열었다. 그러자 어두운 공간에서 반짝이는 두 개의 눈이 우리 쪽으로 향하더니 어흥! 하고 소리를 질렀다. 숨이 멎을 것처럼 심장이 뛰었다. 놀란 우리는 옷장 문을 닫아 버리고는 뒤로 물러섰다.

"왜 그래?"

다미는 당황하며 물었고 우리는 다미에게 호랑이가 옷장 안에 숨어 있다고 알려 주었다. 그때, 옷장 문이 스르르 열리더니 호랑이가 옷장에서 튀어나와 다미 방 안을 어슬렁거렸다. 지난번과 눈빛이 달라졌다. 매서움 속에 다른 감정이 머물러 있었다. 다미는 열린 옷장을 놀란 눈으로 지켜보았다.

"무슨, 일이야?"

다미가 등 뒤에서 물었다. 호랑이의 날 선 눈빛은 다미에게 향했다. 고양이는 호랑이를 의식하듯 몸을 둥글게 말았다.

"호랑이가 움직이기 시작했어. 서둘러야 할 것 같은데."

도경의 말에 가슴이 두근거렸다. 두려움이 몰려들었다. 주머니 속에서 돌을 꺼내 손에 꼭 쥐었다.

이윽고 우리는 벽에 걸린 시계로 눈을 돌렸다. 10시였다.

잠시 뒤, 방문 너머에서 차량이 들어오고 있다는 알림음이 들려왔다.

"엄마가 왔어."

다미 말에 우리는 방에서 나와 거실로 향했다. 이내 현관문이 열렸다.

"다미야, 엄마 왔다."

아주머니는 거실에 있는 나와 도경을 번갈아 보았다.

"수온이가 이 시간에 무슨 일이니? 넌 또 누구고?"

아주머니가 인상을 찌푸렸다.

"제가 초대했어요."

다미는 작지만 분명한 목소리로 말했다. 아주머니는 잠시 당황하더니 이내 차가운 눈빛으로 나를 보았다.

"박수온! 다미에게 무슨 짓을 하고 있는 거니?"

아주머니의 표정이 일그러졌다. 그때였다. 다미의 방문이 스르르 열린 것은. 불이 꺼진 어두운 복도에서 호랑이의 번득이는 두 눈이 우리 쪽을 주시했다. 호랑이는 어슬렁어슬렁 거실 쪽으로 다가왔다. 도경과 나는 호랑이를 눈여겨본 뒤, 서로 눈빛을 나누었다. 호랑이는 그림자처럼 아주머니 뒤에 서서 어흥, 포효를 했다.

"다미야, 도대체 왜 이러는 거니? 엄마를 무시하는 거야!"

아주머니는 호랑이가 포효하듯 무섭게 말을 쏟아 냈다.

다미는 당황한 듯 뒤로 물러섰다. 나는 다미에게 용기를 주고 싶었다. 도경이 은표에게 했던 것처럼 내 안의 에너지를, 파동을 전하고 싶었다. 돌을 쥔 손에 힘을 주었다. 나의 우주에서 찬란하게 빛나는 돌을 어루만지며, 오직 다미와 다미 어깨 위의 고양이만을 생각했다. 그러자 다미 어깨 위의 고양이가 웅크렸던 몸을 펼치며 기지개를 켜고 숨겼던 발톱을 드러냈다. 동시에 다미는 아주머니 앞으로 한 발 다가섰다.

"엄마를 무시하는 게 아니에요."

다미는 또렷하게 말했다.

"갑자기 왜 그래, 다미야?"

다미가 강하게 나서자 아주머니는 주춤했다. 호랑이도 뒷걸음으로 물러났다.

"내 생각을 얘기한 것뿐이에요. 그리고 선택도 내가 하고 싶어요."

"선택이라니?"

"공부도, 친구도 내가 결정하고 싶어요."

"그런 노력은 할 필요 없어. 넌 공부에만 열중해. 나머지는 엄마가 해 줄 테니."

고양이는 늠름하게 똑바로 서서 아주머니를 응시했다.

"알아요. 엄마가 절 위해서 노력하고 있다는 거요. 엄마의 조언과 충고를 모두 거부하겠다는 게 아니에요. 중요한 결정은 내가 하고 싶어요. 그러니까 믿어 주세요."

"믿어 달라고?"

호랑이는 흥분한 듯, 급하게 제자리를 서성이더니 곧 아주머니 앞으로 나섰다. 그때였다. 호랑이가 다미에게 달려들려고 한 것은. 그 순간 도경의 뒤에서 비늘새가 나타났다. 비늘새는 양쪽 날개를 활짝 펼치더니 호랑이를 감싸 우리를 만들었다. 우리에 갇힌 호랑이는 그 안에서 격하게 요동쳤다. 아주머니의 두 눈이 흔들렸다. 두 눈 속에 두려움과 분노가 이글거렸다. 그리고 언뜻언뜻 다른 감정도 드러났는데, 나는 그 감정이 무엇인지 읽어 낼 수 없었다.

"그건 안 돼!"

아주머니가 소리쳤다. 호랑이는 도경이 만든 우리를 벗어나려 안간힘을 썼다.

다미는 물러서지 않았다. 고양이도 마찬가지였다.

"난 엄마가 아니에요."

"뭐?"

다미는 눈을 감았다. 자신의 에너지를, 파동을 끌어 올리는 중인 것 같았다. 다미가 다시 눈을 떴다.

"이 세상에 나는 오직 나 하나뿐이에요. 나는 엄마와 다른 사람이에요. 엄마와 멀어지려는 게 아니에요. 진짜 나를 찾기를 바라는 것뿐이에요."

"아니야, 엄마가 인도해 줄게. 그 길을 따라야 네 미래가 밝아질 거야."

호랑이는 도경이 만든 우리에서 이탈하려 몸부림을 쳤고 도경은 강하게 힘을 주었다. 그 순간 호랑이가 비늘새 날개 사이를 비집고 빠져나와 아주머니 곁에 섰다. 도경이 힘을 잃은 듯 휘청거렸다. 나는 도경에게 다가갔다.

"괜찮아?"

"응."

호랑이는 다미를 향해 포효했다.

"제발 엄마의 착한 딸로 돌아와!"

"싫어요! 나는 내 삶을 지킬 테니, 엄마는 엄마의 삶을 선택하세요."

다미의 음성은 단단했다. 호랑이가 아주머니에게로 몸을 틀었다.

"호랑이가 본체에게 가려 해."

도경이 말했다.

그때였다. 다미 어깨 위에 있던 고양이가 가뿐하게 바닥으로 뛰어내린 것은. 고양이는 몸이 커져 보이도록 털을 부풀렸다. 고양이 등의 털들이 칼날처럼 뾰족하게 일어났다. 고양이는 점점 몸이 커지더니 호랑이만 해졌다. 호랑이는 고양이의 기세에 몰려 뒤로 물러났다. 거대한 고양이는 거친 울음소리를 내며 호랑이를 안방 쪽으로 몰아세웠다. 호랑이는 슬금슬금 뒷걸음질했다. 고양이가 발톱을 세우며 호랑이에게 달려들자 겁에 질린 호랑이는 안방으로 들어가 몸을 숨겼다. 아주머니는 그 자리에 주저앉았다.

유연하고 단단한 우주

 발바닥에 닿은 모래는 부드러웠다. 파도는 모래와 물의 경계를 허물며 밀려들어 와 나의 발등을 적시고는 뒤로 물러났다. 두근거리는 가슴을 안고 물속에 발을 담갔다. 물이 차올라 무릎을 지나고 허벅지에 닿아 찰랑거렸다. 허리까지 차올랐을 때 물에 몸을 뉘었다.
 팔을 둥글게 저으며 발로 물장구를 쳤다. 물 위에 둥둥 떠서 나의 우주를 상상했다. 우주 안에 깃든 에너지와 파동, 그 안에서 탄생한 또 하나의 나를.
 모래사장에 둔 휴대폰에서 벨이 울렸다. 헤엄쳐 물 밖으로 나와 발신자를 확인했다. 다미였다.
 "어디야?"
 "여기? 여기는······."

황금빛 모래와 청록빛 물과 파란 하늘을 둘러보았다. 주변을 감싸고 있는 이팝나무들까지.
"호숫가에 있어. 너는?"
"1번 버스 안이야. 호수마을로 가고 있어. 어디로 가야 널 만날 수 있어?"
다미에게 이팝나무 숲의 위치를 알려 주었다. 나뭇가지를 걷으면 나타나는 모래사장과 호숫가를.
"알았어. 거기로 갈게. 조금만 기다려."

얼마 뒤, 초록색 이파리 사이를 비집고 다미가 나타났다. 다미 어깨 위에 있는 고양이를 봤다. 고양이는 어깨 위에서 당당하게 서 있었다. 언젠가 고양이는 다미의 몸속, 우주로 스며들겠지. 광활한 우주에서 진화를 할지도 모르겠다. 어떠한 위험에도 맞설 수 있는 강한 생명체로. 긴긴 시간이 지나, 꽃이 될 수도 있고 바람이 될 수도 있다. 돌이 될 수도 있다. 바다가 될 수도, 하늘이 될 수도 있을 것이다. 경계를 허물고 어떤 존재든 될 수 있을 것이다.
"여기는, 네가 이야기했던 곳이구나."
다미는 주위를 둘러보며 말했다.
"맞아."
"예전에 그네에 앉아 네 이야기를 들었을 때 상상했어. 내가 그려 낸 장면보다 아름답다."

다미와 나는 웃으며 모래사장에 앉았다.
"수온아, 어때? 내 어깨 위의 고양이는?"
다미가 자신의 오른쪽 어깨를 툭툭 치며 물었다.
"자신감 넘쳐 보여."
다미는 웃었다. 하지만 미소 끝이 왠지 쓸쓸했다.
"아주머니는 어때?"
다미가 수평선으로 시선을 돌렸다.
"엄마는…… 방에만 있어. 그리고 며칠 전, 할머니가 집에 왔어. 엄마랑 할머니가 안방에서 긴 이야기를 나누는 것 같았어. 아무래도 할머니와 엄마 사이에 내가 알지 못하는 일이 있는 것 같아. 아주 오래전부터 쌓여 왔던 어떤 일이. 할머니에게 물어도 이야기해 주지 않아. 때가 되면 언젠가는 이야기해 줄 수 있는 날이 올지도 모르겠다는 말만 해 주셨어."
아주머니의 호랑이를 만났던 날을 기억했다. 그날 호랑이의 눈에서 보았던 감정이 무엇인지 이제야 알 것 같았다. 그것은…… 외로움이었다.
"어쩌면 아주머니는 불안했는지 몰라. 아주머니에게서 네가 벗어날까 봐. 그 불안을 이겨 내야 하는 사람은 아주머니야. 우린 그저 응원해 주며 지켜볼 뿐이지. 믿어 주면서."
"……"
"경계의 시간……"

"경계의 시간?"

"응, 저기 호수와 하늘 사이, 모래와 물의 사이. 다른 세계로 가기 위해서 반드시 거쳐야 할 경계. 너희 엄마는 지금 그곳에 있을지도 몰라."

"그 세계는 어떤 곳일까. 엄마는 그 경계를 넘을 수 있을까?"

"당연하지. 너도 했잖아. 그러니까 아주머니도 할 수 있을 거야."

다미는 고개를 끄덕이며 말을 이었다.

"엄마를 지켜볼래. 엄마 스스로 호랑이를 품을 수 있는 날이 올 때까지."

다미가 해사하게 웃었다. 지금껏 내가 본 미소 중 가장 밝고 환한 미소였다.

"수온아, 지난번에 그랬지. 유성으로 인해 너희들이 픽싱을 볼 수 있는 것 같다고. 그 방법을 알면 나도 볼 수 있는 거야?"

"다미야, 넌 이미 보고 있어."

"내가?"

"우리 이야기를 믿고 있잖아. 믿는다는 것은, 볼 수 있다는 뜻이야."

"그런 건가?"

다미는 그윽한 미소를 지었다.

"그럼, 물수제비 던지는 법 좀 알려 줘. 그건 지금 배울 수 있지?"

"당연하지."

우리는 일어나 주변에서 돌을 찾아 나섰다. 아빠에게 물수제비 던지는 법을 알려 달라고 했던 그때를 기억하며 다미에게 일러 주었다.

"우선 돌을 잘 골라야 해. 손에 잡기 좋게 한 면이 판판한 돌로. 물수제비는 돌의 판판한 면이 수면을 친다는 느낌으로 던져야 하거든."

다미와 돌을 하나씩 나누어 가진 뒤 내가 먼저 돌을 던졌다. 돌은 물 위를 가볍게 걸었다. 다미도 돌을 던졌다. 처음 세 번은 실패했지만 네 번째부터 다미의 돌은 수면을 걷기 시작했다. 한 걸음, 두 걸음, 세 걸음……. 돌은 빛을 내며 걸었다. 주머니 속에 있는 돌을 꺼내 손바닥에 올렸다. 돌은 한낮의 빛을 받아 반짝였다. 그 돌을 던지며, 되뇌었다.

"잘 가, 나의 예쁜 픽싱."

지금, 이 순간에도 우리의 마음은 우주처럼 팽창하고 있다. 마음의 우주 안에 다양한 존재들이 무한하게 자라고 머물 수 있도록. 믿으면 존재하는 세계를 위해 우리는 살아가는지 모른다. 그래서 누군가와 만나는 건지도. 누군가와 친구가 된다는 것은 또 다른 우주가 만들어지는 것일 테니까.

마을버스에 다미를 태워 보내고, 파란 대문 집으로 돌아왔다. 문을 열고 마당에 들어서자 가장 먼저 보인 것은 곳곳에 자란 풀들이었다. 휴대폰 벨이 울렸다. 아빠였다. 아빠는 어떻게 지내고 있냐고 물었고 다미와 호숫가에 다녀온 일을 이야기했다. 조용히 듣던 아빠는 조만간 집으로 돌아올 것이라고 했다.

아빠와 통화를 마치고 닫혀 있는 지하실 문 앞에 섰다. 계단을 밟아 내려가 문을 열고 어둠 속을 응시했다. 그제야 이곳에 있는 것이 무엇인지 깨달았다.

이곳에는 아빠가 있었다. 아빠가 외면했던 기억이. 지금 필요한 건, 어두운 지하실에 빛을 밝히는 것이다. 똑바로 보기 위해서는 빛이 필요하니까.

다시, 일상

 자전거를 세우고 면 요릿집 안으로 들어가자 고소하고 담백한 멸치 육수 냄새가 나를 맞이해 주었다.
 "다녀왔습니다."
 배달함을 내려놓자 주방에서 사장님 목소리가 흘러나왔다.
 "수고했다. 냉장고에 수박주스 만들어 놨다."
 주방 안을 들여다보니 사장님은 수타 면을 만들고 있었다. 사장님의 손에서 쫀쫀한 면발이 마술처럼 만들어졌다. 불룩 나왔던 사장님의 배가 조금 작아진 것 같았다. 사장님은 달라졌다. 이제 탄산음료를 마시지 않는다. 야채와 과일을 먹고, 밤에는 호숫가를 걷는다.
 인회 언니와 종종 연락을 하고 있다. 언니는 내년 봄, 한국으로 돌아올 것이라고 했다. 우리 집에 마당이 있다는 것을 알고는 봄에 심으라면서 식물 씨앗을 선물해 주었다. 나는 그 씨앗들을 고이 간직하고 있다. 봄을 기다리면서.

　세계 지도 앞으로 다가섰다. 한국과 영국을 이어 주던 선은 사라졌다.

　전화벨이 울렸다. 토요일 브레이크 타임 전에 전화를 하는 사람은 도경뿐이다.

　"면 요릿집입니다."

　"비빔국수 두 개 옥탑방으로 부탁해요."

　"네, 알겠습니다."

　"뭐야?"

　도경이 웃으며 물었다.

　"곧 갈게. 기다려."

　전화를 끊고는 사장님께 비빔국수 두 그릇 주문이라고 말했다. 잠시 뒤, 주방 안에서 고소한 계란 냄새가 풍겨 나왔다.

　헬멧을 쓰고 자전거에 올라탔다. 페달을 밟으며 원룸촌을 향해 달렸다. 스쿠터를 사는 것에 대해 고민을 해 봐야겠다. 지금으로서는 자전거만으로도 충분하기에.

　원룸촌에 도착해 자전거를 거치대에 세워 두고 계단을 올라 옥탑에 이르렀다. 오늘도 도경은 평상에 앉아 책을 읽고 있었다.

　"배달 왔다."

도경이 몸을 돌렸다.

우리는 평상에 나란히 앉아서 국수 그릇을 깨끗하게 비웠다. 도경은 편의점에서 아이스아메리카노 두 잔을 사 가지고 왔다. 시원한 커피를 마시며 멀리 파란 하늘과 맞닿아 있는 호수를 바라보았다.

"내 픽싱은 이제 어때?"

"그건 네가 더 잘 알 것 같은데. 너의 픽싱은 완전히 몸에 스며들었다는 걸."

"도경아, 계속 나를 봐 줘. 나도 너를 볼게."

도경의 양 볼이 붉게 달아올랐다. 부끄러워하는 도경을 위해서 빨리 자리를 벗어나기로 했다.

"간다."

빈 그릇을 들고 옥탑에서 내려와 자전거에 올라탔다. 가게 앞에 이르렀을 때 휴대폰에서 벨이 울렸다. 주머니에서 휴대폰을 꺼내 확인했다. 아빠였다.

"여보세요."

수화기 너머로, 아빠의 얕은 숨소리가 들려왔다.

"수온아."

"네."

"지금 집에 가고 있어. 두 시간 정도 걸리는데 호숫가에서 볼까?"

"좋아요."

다른 눈

 자전거를 한편에 세워 두고 호숫가 주변을 둘러보았다. 얼마의 시간이 지났을까. 뒤쪽에서 인기척이 느껴져 몸을 돌렸다. 아빠가 이팝나무 앞에 서 있었다. 아빠를 똑바로 보았다. 아빠의 젤리 픽싱이 이제는 두렵지 않다. 아빠가 사라질까 봐 무섭지 않다.
 아빠에게 다가갔다. 아빠의 픽싱을 조심스럽게 어루만졌다. 반투명한 젤리에 손을 대고 아빠의 우주를 살며시 쓰다듬었다. 아빠의 우주에는 슬픔이, 쓸쓸함이 있었다. 허무하고 황량한 바람이 불고 있었다. 나는 주먹을 꼭 쥐었다. 아빠를 놓치지 않기 위해서.
 "그 아저씨, 찾았어요?"
 "아니."
 "또 언제 찾으러 가요?"

"이제 안 가려고."

"왜요?"

"진짜 소중한 걸 잃게 될까 두려워졌거든."

"진짜 소중한 게 뭔데요?"

"수온이."

아빠를 올려다봤다.

"미안하다. 아빠가 어른답지 못했어. 네 메시지, 전화를 받고 알았어. 정말 중요한 게 뭔지. 고맙다, 수온아."

"저도 아빠의 소중한 걸 찾았어요."

"뭔데?"

"진정한 여행이란 새로운 풍경을 보는 것이 아니라 다른 이의 눈을 갖는 것이다."

"그 문장은……."

아빠의 눈 속에서 움직임을 보았다. 시간을 거슬러 가는, 느리지만 작은 발걸음을. 아빠는 희미한 미소를 지었다. 프루스트의 문장을 마음속에 담은 소년을 만난 걸까. 나는 믿고 싶었다. 아빠의 마음, 우주도 넓고 깊어져서 픽싱을 끌어안을 수 있을 거라고. 그 우주 안에서 픽싱은 움직일 것이다. 자유로운 생명체로 살아가며 진화할 것이다.

주변에서 한 면이 판판한 돌 두 개를 찾아 아빠와 하나씩 나누어 가졌다. 아빠는 작은 돌을 만지작거렸다. 곧 호숫가로 다가가 물수제비를 던졌다. 돌은 물 위를 지났다. 나도 아빠 곁으로 바투 다가가 돌을 던졌다. 아빠와 나란히 물 위를 달렸다.

작
가
의
말

  아주 오래전부터 내 마음에서는 무언가가 종종 자라나곤 했다. 그 존재는 나의 마음을 답답하고 무겁게 만들더니, 마음 밖으로 튀어나와 내 몸에 붙어 있는 듯한 느낌에 사로잡히게 했다.
  그럴 때 손쉽게 할 수 있는 일은 미용실을 찾아 머리카락을 자르는 일이었다. 잠시나마 머리카락과 함께 그 존재가 떨어져 나가는 것 같았다. 물론 이것은 임시방편일 뿐이었다.
  책을 읽고 글을 쓴다는 것은 그 존재를 들여다보고 마주 보는 일이었다. 책을 읽고 글을 쓰며 그 존재를 만나고 다독이기도 했다. 내 몸에서 떨어져 나가기를 기대하면서. 그 존재가 완전히 소멸할 수 있을지도 모른다고 생각하며.
  이후로 많은 시간이 지났지만 존재는 사라질 기미를 보이지 않았고, 여전히 내 안에 존재했다가 마음 밖으로 튀어나오곤 한다.

그러다 우주와 별이라는 공간을 만났다. 별을 소재로 글을 쓴 것이 이번이 처음은 아니다. 『별과 고양이와 우리』(창비 2018)라는 소설을 쓰며 별을 이루는 구성 요소와 우리 몸을 이루는 구성 요소가 같다는 것을, 우리는 하나의 별이며 작은 우주라는 것을 알게 되었다. 그리고 마음먹었다. 그 존재를 소멸시키는 것이 아니라, 내 마음의 우주에서 자유롭게 유영할 수 있도록 내 마음의 우주를 단단하고 유연하게 만들기로.

지난여름 이재복 선생님의 '주역' 수업을 들으면서 파동과 에너지를 알게 되었고, 『현대 물리학과 동양사상』(범양사 2006)이라는 책을 읽으며 내 몸에 붙어 있는 기생 존재를 떠올렸다. 소설을 쓰며 헤매고 있을 때, 전환점을 만들어 준 소중한 시간이었다.

기생 존재에 '픽싱'이라는 이름이 붙게 된 것은 창비 편집자님들과 소통하면서였다. 교정지를 통해 용기와 격려를 전해 주신 김준성 편집자님께 감사드린다. 내가 보지 못한 부분을 보아 주는 편집자님들은 마치 나의 픽싱을 보아 주는 소중한 분들이 아닌가 싶다. 마지막으로 박하와 연두에게 고마움을 전하고 싶다. 너희들의 우주에서 들려오는 소리에 귀를 기울이며, 아름다운 우주를 만들어 가기를 진심으로 빈다.

2025년 여름
최양선

창비청소년문학 139
너의 우주가 들린다면

초판 1쇄 발행 | 2025년 8월 11일

지은이 | 최양선
펴낸이 | 염종선
책임편집 | 김준성
조판 | 박지현
펴낸곳 | (주)창비
등록 | 1986년 8월 5일 제85호
주소 | 10881 경기도 파주시 회동길 184
전화 | 031-955-3333
팩스 | 영업 031-955-3399 편집 031-955-3400
홈페이지 | www.changbi.com
전자우편 | ya@changbi.com

ⓒ 최양선 2025
ISBN 978-89-364-5739-6 43810

* 이 책 내용의 전부 또는 일부를 재사용하려면
  반드시 저작권자와 창비 양측의 동의를 받아야 합니다.
* 책값은 뒤표지에 표시되어 있습니다.